LE TRIBUNAL PARALLÈLE

ANDRÉ LAMONTAGNE

Le tribunal parallèle

Nouvelles

Les Éditions
David

Les Éditions David remercient le Conseil des Arts du Canada, le Secteur franco-ontarien du Conseil des arts de l'Ontario et la Ville d'Ottawa. En outre, nous reconnaissons l'aide financière du gouvernement du Canada par l'entremise du Programme d'aide au développement de l'industrie de l'édition (PADIÉ) pour nos activités d'édition.

Les Éditions David remercient également le Cabinet juridique Emond Harnden.

Catalogage avant publication de Bibliothèque et Archives Canada

Lamontagne, André, 1961-
Le tribunal parallèle / André Lamontagne.

(Voix narratives et oniriques)
Nouvelles.
ISBN-13 : 978-2-89597-058-3
ISBN-10 : 2-89597-058-0

I. Titre. II. Collection.

PS8623.A486T74 006   C843'.6   C2006-903579-2

Révision : Frèdelin Leroux
Couverture : Denis Farley, Paysage autour de la bibliothèque de France (personnage et enseignes) vu d'un passage piétonnier, Paris, 1996, de la série Paysages urbains, région parisienne (1995-1996), épreuve à développement chromogène, 100 x 150 cm.
Maquette de la couverture, typographie et montage :
Anne-Marie Berthiaume graphiste

Les Éditions David   Téléphone : (613) 830-3336
1678, rue Sansonnet   Télécopieur : (613) 830-2819
Ottawa (Ontario) K1C 5Y7   info@editionsdavid.com
www.editionsdavid.com

L'art nous offre des énigmes,
mais par bonheur aucun héros.

Maurice BLANCHOT

Jet d'encre

Je n'arrive plus à écrire depuis que Gilles Deleuze s'est jeté par la fenêtre de son appartement parisien. Une semaine s'est écoulée et je ne retrouve pas le fil de la fiction que je construisais avant le 4 novembre 1995. J'ai tout essayé : les séances nocturnes ou matinales, le café, le vin blanc, les phrases laissées en suspens, mais rien n'y fait.

J'ai connu des pannes d'écriture par le passé, mais elles n'étaient jamais dictées par des circonstances extérieures. Toujours s'expliquaient-elles par un manque d'inspiration ou des difficultés conceptuelles que je parvenais à surmonter. Cette fois-ci quelque chose s'est cassé et j'essaie, tout autant que d'écrire, de comprendre. La mort du plus philosophe des philosophes n'est-elle pour moi qu'un faux-fuyant ? Je suis pourtant venu en France avec les meilleures intentions. Titulaire d'une bourse du gouvernement canadien et conférencier invité à l'Université de Paris, je comptais mettre ce semestre d'automne à profit pour terminer ce premier roman auquel je travaille depuis quelques étés montréalais, quand je me libère enfin de mes fonctions d'enseignant.

La nouvelle du suicide de Deleuze m'atteignit de plein fouet alors que je prenais place à la tribune d'un amphithéâtre désuet de l'Institut du monde anglophone. Une grande agitation régnait parmi les étudiants et je leur demandai, d'un ton bonhomme, ce qui les excitait tant. « Vous n'êtes pas au courant ? m'a lancé l'un d'eux. Deleuze s'est défenestré. » Une vive douleur me traversa la main et un court instant, je crus devoir annuler mon cours. Mais mon sens du devoir ou de l'autorité, toujours aussi aigu au fil des années, l'emporta et m'incita à poursuivre, pour le bénéfice de mon auditoire français, l'histoire du fédéralisme canadien.

Je rentrai chez moi dans un état second, pour trouver un message d'Alice me rappelant que nous dînions ce soir-là avec des amis, Quai de Jemmapes. La sieste me semblait un moyen efficace de ne plus penser à Deleuze. Je me réveillai vers 20 heures, de sorte que je me présentai avec quelque retard à ce même bistrot du canal Saint-Martin où j'avais fait la connaissance d'Alice, un mois après mon arrivée à Paris. Toujours aussi radieuse, elle siégeait au milieu d'une table qui rassemblait des amis de son monde, celui de l'édition. Les hommes plaisantèrent en disant qu'en raison de mon retard, j'avais perdu mon privilège d'être assis à côté d'elle. L'extrémité de la table convenait parfaitement à mon sentiment d'irréalité.

La conversation alternait entre l'assassinat d'Itzak Rabin, le premier ministre israélien, et le suicide de Deleuze. Car ce 4 novembre 1995 avait été endeuillé d'une double tragédie. Quelqu'un cita pompeusement le

mot de Foucault : «Un jour peut-être le siècle sera deleu-
zien». Un autre rappela l'entêtement de Deleuze à ne pas
paraître à la télévision. Un convive plus âgé, un vieux
soixante-huitard, affirma d'un ton solennel que le suicide
de Deleuze était la continuation d'un même drame, dont
le premier chapitre avait été écrit le jour où Louis Althus-
ser étrangla sa femme. Il y eut un silence gêné, rompu par
la relance du débat sur le conflit israélo-palestinien.

Après le dîner, quelques-uns d'entre nous remontâmes
la rue Louis-Blanc jusqu'à la place du Colonel-Fabien.
Alice et moi regardâmes nos amis s'engouffrer dans la
bouche du métro, et nous nous retrouvâmes seuls sur un
banc, face au manège inanimé à cette heure.

— Je ne te connaissais pas aussi silencieux, me
lança-t-elle.

Faisait-elle allusion au dîner ou au moment présent?

— C'est la mort de Deleuze, répondis-je succincte-
ment.

Je ne voulais surtout pas aller dans le détail, parler des
images qui m'avaient assailli durant la soirée, du sentiment absurde que les vitres du bistrot allaient soudain
voler en éclats.

Je m'efforçai de sourire, de retrouver cette jovialité bon
enfant que les Français associent aux Québécois et qui
ne doit pas déplaire à Alice. Je la raccompagnai jusqu'à
son appartement des buttes Chaumont et je m'attardai
jusqu'au matin. Nous fîmes l'amour avec le sentiment
que mes gestes étaient calculés.

Dans un tabac avoisinant l'immeuble d'Alice, j'appris
par les journaux que Deleuze habitait l'avenue Niel, dans
le XVIIe. Je me rendis aussitôt sur les lieux de la tragédie.

L'immeuble était facile à repérer en raison des badauds qui s'attardaient devant et des fleurs qui s'amoncelaient. Je restai là, avec quelques-uns, à lever la tête vers le troisième étage, comme pour apercevoir un signe. Bien entendu, le vitrier était déjà passé de sorte qu'il était difficile de savoir derrière quelles fenêtres avait vécu Deleuze. Alors que je m'apprêtais à partir, j'aperçus de minuscules éclats de vitre qui brillaient sur le trottoir. Ils étaient difficilement perceptibles à l'œil nu et encore fallait-il marcher tête baissée pour les remarquer. Leur scintillement me fascinait, comme si ces cristaux de silicate présentaient une qualité particulière.

Je regagnai mon appartement avec la ferme intention de travailler à mon manuscrit. Je ne reverrais pas mes étudiants avant six jours, ni Alice avant le lendemain ou le surlendemain. J'espérais donc avancer mon roman d'une dizaine de pages, sinon plus. Le sujet en est fort simple : un garçon de quatorze ans rejette les avances d'une amie de sa mère et, dans un geste de cruauté adolescente, écrit au mari pour lui dire qu'il ne désire pas sa femme. J'en étais toujours à la lettre et j'ignorais quelles en seraient les conséquences narratives.

Je relus le passage que j'avais écrit trois ou quatre jours auparavant, et alors que je parvenais au bas de l'écran, je fus assailli par des images de défenestration. J'imaginais Deleuze se levant soudain de son fauteuil préféré et fonçant tête première dans la vitre. Puis, tout se passait comme dans un ralenti cinématographique : la vitre qui vole en éclats, le verre qui entaille le front de Deleuze, la marche de ce dernier dans le vide — comme s'il était en état d'apesanteur —, et enfin le corps et ses organes qui vont mourir sur le béton. Cette scène se répétait avec une telle intensité que je confondais la vitre de l'avenue Niel et l'écran de mon moniteur vidéo. Je regardai instinctivement la moquette, comme si j'allais y voir des éclats scintillants.

Pour retrouver mes sens, j'allai à la cuisine me faire un café. De retour devant mon écran, je réussis à ajouter quelques lignes à mon roman avant que les images ne m'envahissent de nouveau. J'eus alors l'idée de chercher le mot dans le dictionnaire, croyant que sa visualisation aurait peut-être un effet libérateur. Le rappel de la Défenestration de Prague, fait historique à l'origine de la guerre de Trente Ans, au cours duquel les conseillers du roi furent défenestrés par les protestants, m'occupa pendant quelques instants et me fit oublier Deleuze. Puis mon intérêt se déplaça sur le mot « défenestration », dans sa matérialité même. Je le tapai tout en observant comment les lettres naissaient à l'écran. Puis je le tapai de nouveau, en constatant que les lettres semblaient s'enchaîner d'elles-mêmes, surtout l'articulation du **d**, du **e**, du **f**, du **e**, puis du **s**, du **t**, du **r**. J'effaçai le tout et repositionnai le curseur à la dernière phrase de mon roman en cours. Mais bientôt, je commençai à développer une fixation sur le mot « défenestration » : la graphie du mot avait remplacé ma vision de Deleuze fracassant la vitre mais s'imposait à moi avec la même fréquence, rendant impossible tout travail intellectuel.

Je consacrai le reste de l'après-midi à des tâches domestiques, puis passai la soirée dans un cinéma du boulevard Montparnasse. En rentrant chez moi, l'afficheur m'apprit qu'Alice avait téléphoné durant mon absence, mais sans laisser de message. Je décidai de ne pas rappeler. J'avais pourtant envie de la voix d'Alice, seulement je n'avais rien à lui dire.

Le lendemain, je me levai assez tôt pour attaquer la journée avec force. Je réussis à faire progresser l'intrigue de mon roman, du moins en pensée, mais lorsque vint le temps de transposer cela par écrit, mon écran se mit à scintiller de lettres et d'éclats de vitre. Je me précipitai à la fenêtre comme si je manquais d'air. Je restai là quelques minutes, vite devenues une heure, puis deux, à ne rien faire sauf contempler le spectacle de la rue. La sonnerie du téléphone me sortit de ma torpeur. C'était Alice. Je me surpris à lui mentir, à lui dire que j'étais rentré trop tard la veille pour la rappeler. Elle me parla du projet d'édition auquel elle travaillait puis nous nous laissâmes sur la promesse de nous voir chez moi le lendemain.

Après le déjeuner, j'optai pour la préparation de mes cours, comme pour me rassurer. Je rédigeai quelques notes sur l'Acte d'union de 1840 et ses impératifs économiques. J'éprouvais une réelle satisfaction à classer des idées et des faits qui m'étaient familiers et je prolongeai le plaisir jusqu'en fin d'après-midi. Avec la brunante, les images de défenestration revinrent s'immiscer dans mon esprit. Le suicide de Deleuze ne provoquait pas en moi d'interrogation existentielle, de spleen ou de dérèglements psychiques tels qu'on les lit dans une certaine littérature romantique. Le suicide de Deleuze était là, point. Sa représentation occupait ma pensée, comme une accumulation de neige obstrue une route. Je ne suis pas une personne facilement impressionnable ou par trop sensible. Je me décris souvent, malgré ma profession d'intellectuel, comme quelqu'un de tout à fait normal, qui aime tout à la fois le sport, les investissements boursiers, les livres ou les plaisirs de la table. C'est pourquoi, pour me secouer et attaquer le problème de front, je résolus de retourner avenue Niel sur-le-champ.

Par cette soirée automnale, j'observais l'immeuble en pensant que je ne savais rien de Deleuze. Laissait-il derrière lui une femme, des enfants, un amant? Je connaissais sa philosophie de la différence, qui m'avait marqué comme beaucoup d'autres universitaires de ma génération, et certains de ses livres, qu'il avait écrits seul ou en collaboration avec Guattari. Je me demandai ce qu'éprouvait ce dernier devant la disparition de son frère d'écriture. Allait-il pouvoir continuer? La nuit était tombée de sorte que je ne vis pas d'éclats de vitre sur le trottoir. J'arpentai quelques rues de ce paisible quartier jusqu'à ce que je trouve un café pour quelques verres de fine qui m'aideraient à dormir.

Qui a écrit que le suicide est une victoire sur l'arbitraire de la mort? Je me retournais dans mon lit en cherchant la référence. Je ne savais plus mais je me demandais si c'était là ce qui avait décidé Deleuze à plonger. Dans les journaux, on parlait d'une opération qui avait laissé des séquelles, d'une trachéotomie qui l'avait laissé presque sans voix. Mais cela m'apparaissait un motif secondaire, presque trivial.

Je me réveillai vers dix heures avec un sentiment d'intense fatigue malgré le soleil éclatant. Je pressentais que j'allais être incapable d'écrire, de sorte que je résolus de jouer au touriste. Je marchai jusqu'au Jardin des Plantes, mais une fois parvenu à l'entrée, je m'assis sur un banc, comme si le guichet constituait un obstacle infranchissable. Je restai là à observer l'arrivée des visiteurs, pour la plupart des enfants accompagnés de leur mère, mais aussi quelques hommes seuls et désœuvrés. Vers midi, je déjeunai à la gare de Lyon. Depuis la terrasse intérieure, je pouvais lire le panneau des départs et des arrivées et assister aux allées et venues des voyageurs. Puis je repris ma route et je dérivai jusqu'à la Promenade plantée. Ce viaduc réaménagé offre plusieurs perspectives : les flâneurs qui déambulent sur l'ancienne voie ferroviaire, la vie parisienne en contrebas et les immeubles qui touchent littéralement à la structure surélevée. Autrefois, les trains défilaient trop rapidement pour permettre aux passagers de fixer leur regard. Aujourd'hui, les voyeurs peuvent s'immiscer à loisir dans les appartements des deuxième et troisième étages dont on n'a pas tiré les volets. Cela m'occupa un bon moment. J'entrepris ensuite de lire *Le Monde* et *Le Figaro* in extenso, sans omettre un seul article et trouvant même quelque intérêt aux petites annonces. Quand le soleil se coucha, je gagnai la station de métro la plus proche pour étudier le plan du réseau. Je pouvais me rendre au parc Monceau, près de l'avenue Niel, sans correspondance. Le périple était tentant, mais il y avait Alice. Je rentrai faire les courses.

Le dîner se passa très bien. Je ne suis pas complètement neurasthénique et je sais être drôle, même quand il s'agit de donner le change. Après le repas, nous feignîmes de nous intéresser aux programmes télévisés, puis nous gagnâmes rapidement la chambre, tels deux machines désirantes. Cette fois-là, les choses étaient revenues au naturel, comme lors de nos premières étreintes. Alice endormie, je retournai à la cuisine me chercher un verre de vin blanc et c'est avec une certaine confiance que je mis l'ordinateur en route. Au début, je ne voyais pas d'éclats de vitre à l'écran et je ne songeai qu'une ou deux fois à la défenestration de Deleuze. Je ne fis pas de phrases complètes, mais je peaufinai quand même ma lettre sous forme de notes. M'enhardissant je me servis un autre verre et je prêtai à Jean — c'est le nom de mon personnage adolescent — les mots suivants : « Il ne faut pas penser que je vous écris pour... ». Puis Deleuze se jeta par la fenêtre. Tout se passa très vite, et j'entrevis la scène dans la profondeur de mon écran. J'eus l'impression de crier, mais quand je retournai m'allonger auprès d'Alice, elle dormait toujours paisiblement. Je ne retournai pas éteindre l'ordinateur. Mieux valait laisser une phrase en suspens à l'écran : cela m'inciterait à reprendre le travail pour la compléter le lendemain.

Quand je me réveillai, Alice était déjà partie. Je fis traîner le petit déjeuner car je savais que ma phrase s'agitait et je souhaitais cultiver l'attente. Une fois douché et habillé, je gagnai ma table de travail. Évidemment l'écran de veille s'était activé de sorte qu'on n'apercevait pas ma phrase incomplète mais plutôt un labyrinthe en 3D. Il aurait suffi que j'effleure la souris du doigt pour que cet écran disparaisse, mais je ne m'y décidais pas. Encore une fois j'étais paralysé. Je réalisai que si je voulais éviter de travailler ce week-end, je devais préparer maintenant mon prochain séminaire. Mais voilà, pour avoir accès à mes notes, il fallait d'abord faire réapparaître mon texte pour en sortir. Après avoir débattu la question durant une quinzaine de minutes, je résolus de prendre des notes manuscrites et je retournai à la cuisine avec l'*Histoire économique et sociale du Québec 1760-1850* de Fernand Ouellet.

Je travaillai toute la matinée, puis je sortis faire un tour, sans considération pour l'ordinateur toujours en marche. L'air était chargé d'humidité, mais il ne pleuvait pas encore. Je déambulais lentement, détaillant les menus des restaurants affichés en vitrine. Je marchais toujours, sans me laisser tenter par une cuisine particulière. Puis, je pris lentement conscience que mon attention s'était déplacée des menus aux vitrines elles-mêmes. Mon œil observait la forme de la vitre, jaugeait ses dimensions, épousait ses contours jusqu'à ce qu'il heurte la fenêtre. Plus ma promenade progressait, plus je distinguais les croisées, les vasistas, les tabatières et les verrières qui décoraient le rez-de-chaussée des immeubles et qu'un passant trop pressé ignore. Je marchai ainsi plus de deux heures pour me retrouver du côté de la place de l'Étoile. Je déjeunai sur place, l'air pensif, me demandant si je n'étais pas devenu, malgré moi, un personnage échappé de l'univers d'André Breton, une surconscience errant dans Paris. Je passai les heures suivantes dans un cinéma des Champs-Élysées. Quand j'en sortis, la nuit était tombée.

J'étais tout près de l'avenue Niel et j'y retournai, sans but précis. Le vent s'était levé et une pluie fine nettoyait les rues et l'immeuble de Deleuze. J'inspectais le sol lorsque j'aperçus une pierre de la grosseur d'une balle de baseball. Je la ramassai et d'un même geste, je me redressai et lançai le projectile de toutes mes forces en direction de l'immeuble. J'entendis le fracas de la vitre. Un passant m'invectiva, puis un deuxième, et un attroupement se forma autour de moi. Les gens m'injuriaient et je ne répondais pas, ce qui les excitait davantage. La situation se serait détériorée n'eût été l'arrivée d'un agent de police. Après avoir entendu les faits, il m'emmena au commissariat du XVIIe arrondissement.

Je répondis volontiers à quelques questions d'usage (lieux de naissance et de résidence, occupation), mais je demeurai à court de mots pour expliquer mon geste. Après une heure d'incarcération, deux hommes vinrent m'interroger en cellule. L'un se présenta comme un inspecteur et l'autre demeura silencieux. Je me demandai s'il ne s'agissait pas d'un psychologue. Là encore, je ne parvins pas à expliquer mon geste ni même à trouver un mensonge honorable. Les deux hommes semblaient embêtés, surtout au vu de ma situation professionnelle et de mon statut d'invité du gouvernement français. Quant à moi, la question qui m'intéressait était de savoir quelle vitre j'avais fracassée. Je connaîtrais sans doute la réponse en apprenant le nom de la personne qui porterait plainte. Mais pour l'instant, aucune accusation ne semblait peser contre moi et l'inspecteur était surtout impatient d'entrer en communication avec une personne de ma connaissance résidant à Paris. J'étais déchiré car il me fallait choisir entre les autorités universitaires et Alice. J'optai pour cette dernière et donnai son numéro de téléphone. Les deux hommes se retirèrent.

L'inspecteur revint deux heures plus tard, cette fois accompagné d'Alice. On m'apprit que j'étais libre, que les autorités allaient me contacter dans les jours suivants et que je connaîtrais alors la nature des accusations qui seraient portées contre moi, s'il y avait lieu. Ces derniers mots me rassurèrent et je me demandai s'il ne fallait pas y voir une intervention d'Alice ou des instances universitaires et diplomatiques qu'elle aurait contactées. Je m'abstins de lui poser la question pendant qu'elle me conduisait dans les rues de Paris. Alice demeura silencieuse tout au long du trajet, sauf à un feu rouge où elle se retourna vers moi pour dire d'un ton irrité : « C'est quoi ces conneries ? » Je lui répondis que je ne savais pas, ce qui était la plate vérité. Quelques minutes plus tard, garés en double file devant mon immeuble, nous éprouvions tous deux le même malaise. Je n'invitai pas Alice à monter et elle m'embrassa le front avant de me laisser descendre.

La journée du samedi s'écoula au compte-gouttes. Je n'osais pas sortir. Je pensais aux étudiants que je retrouverais dans deux jours ; je pensais à ce collègue canadianiste, directeur de l'Institut du monde anglophone, qui m'avait invité en France. J'avais l'impression absurde que ma culpabilité se lirait sur mon visage, un peu comme les enfants imaginent que leurs pensées sont transparentes au regard de leurs parents. Et il y avait Alice qui ne téléphonait pas. Tout cela me plongeait dans un état dysphorique, mais curieusement, j'éprouvais le sentiment d'être guéri puisque Deleuze et les vitres avaient cessé de me hanter. Un peu par défi, j'ai ouvert la fenêtre de la cuisine et j'ai contemplé la cour intérieure de l'immeuble, quatre étages plus bas, sans aucune envie de m'élancer. Jusqu'à tard dans la soirée, j'ai consommé des plats préparés, beaucoup d'alcool et de mauvaises émissions de télévision. Je somnolais sur le divan du séjour lorsque le téléphone sonna. Ce n'était pas Alice, mais ma petite Laure qui me téléphonait depuis Montréal. Elle me raconta sa semaine à l'école, me fit un compte rendu de sa dernière partie de soccer et me demanda si j'avais vu des momies dans les musées. Puis elle me passa sa mère — je veux dire ma femme —, qui me demanda pourquoi je n'avais pas téléphoné ou envoyé de courriel de la semaine. Je prétextai les cours, les rencontres avec les collègues et le travail de création. J'y allai des questions d'usage, mais le cœur n'y était pas.

Je me transportai dans ma chambre, mais je n'arrivais plus à trouver le sommeil. Je ne sais pourquoi, mais je passais en revue les grandes étapes de ma vie. Je me vautrais dans le souvenir de mes années d'étudiant à l'université quand soudain un déclic se produisit. Un jour que j'étais cloué au lit par une mauvaise grippe, j'avais dévoré un recueil de nouvelles de Julio Cortazar. Un texte en particulier m'avait frappé : «Lettre à une amie en voyage». Un homme emménage dans l'appartement d'une amie absente et sombre dans un état d'angoisse et de dépression. Chaque crise se traduit par l'apparition d'un lapin que le personnage vomit. À la fin du récit, l'homme jette les lapins par la fenêtre, depuis les hauteurs de l'immeuble, avant d'aller s'écraser lui-même sur le béton. Je rends mal la beauté de cette nouvelle, un des grands textes de défenestration de la littérature contemporaine. Curieux que je n'y aie pas pensé plus tôt. Deleuze connaissait sûrement cette œuvre de Cortazar. Il l'avait peut-être relue avant de se défenestrer. Je trouvai sans doute le sommeil, car c'était soudain dimanche matin, dix heures quatorze. Dans moins de huit heures, il y aurait maintenant une semaine que Deleuze s'était donné la mort. Après le petit déjeuner, je pris place à mon ordinateur, qui était en marche depuis je ne sais combien de jours. Je sortis de mon roman, puis je l'effaçai du disque dur. Je fis ensuite disparaître la disquette de sauvegarde dans le vide-ordures qui se trouve dans le couloir de l'immeuble.

Toute mon existence reproduite dans les mots des autres, toute une série de reflets que je n'arrive pas à briser. La fenêtre de la cuisine est toujours ouverte. Il me faudra la fermer si je veux traverser la vitre et me disloquer contre le béton. Mais pour l'instant, je me refuse à entrer dans la fiction.

Le Tribunal parallèle

Le public cultivé d'hier n'oubliera sans doute jamais l'accueil dithyrambique qui salua chacune des œuvres de Pierre Quirion et leur complémentaire répudiation quelques années plus tard. Dès la parution de son premier roman, véritable chef-d'œuvre d'éclectisme où venait se loger l'ensemble des doctrines et des coups de dés qui façonnèrent l'aventure intellectuelle de l'Occident, de multiples voix concordantes crièrent leur admiration. Cette œuvre « aussi majestueuse et puissante que notre grand fleuve », ainsi que la qualifia sans grand bonheur un chroniqueur enfiévré, rendait inutile, de l'avis des critiques enclins aux hyperboles, toute lecture autre que celle d'Homère, de Rabelais, des plus grands. Mais j'insulte le lecteur en présentant trop longuement cette œuvre aujourd'hui peu lue quoique abondamment citée.

Le devoir qui m'incombe, en ces jours où le totalitarisme prend le visage de la rectitude politique, est de rendre compte de l'horrible profanation de cadavre à laquelle se livre notre petit milieu littéraire. L'opération de désinformation actuellement en cours dans la République des Lettres — et plus simplement dans la nôtre — m'incite à rétablir ce qu'aujourd'hui il n'est plus de mise d'appeler la vérité. Double vérité : l'une littéraire, l'autre factuelle. Si je dois, un peu à mon corps défendant, amalgamer les deux, c'est pour répondre à ceux qui, à défaut de pouvoir ériger un bûcher pour un homme mort, veulent faire un autodafé des livres de Quirion.

Pour ne pas égarer le lecteur et le laisser se dépêtrer avec des demi-mots, je lui dirai que je m'appelle Thomas Daveluy et que j'occupe le poste de directeur littéraire dans une grande maison d'édition montréalaise. À ce titre, je suis également membre d'un comité plus large, qui regroupe les quatre éditeurs québécois les plus importants, et qui préside aux destinées d'une collection de poche unifiée. Le marché restreint dans lequel nous évoluons exige en effet que nous mettions nos ressources en commun pour donner une vitrine à notre littérature nationale. Ce système n'est pas sans danger, comme celui de conférer à quelques individus un droit de vie ou de mort sur les œuvres. Car, il ne faut pas se le cacher, notre jugement détermine le corpus officieux de notre littérature. Rares sont les écrivains qui connaîtront la postérité sans passer par une édition en livre de poche. Mais j'affirme bien haut que nos décisions ont toujours reposé uniquement sur des critères esthétiques, loin des considérations politiques et morales. Jusqu'à ce que le dossier Quirion se retrouve devant nous.

On se souviendra qu'il y a dix ans, lors de l'arrestation et de la condamnation de Quirion, ses ouvrages disparurent presque complètement des librairies ; non pas en raison d'une quelconque censure, mais bien parce que l'indignation avait gagné les lecteurs potentiels. Nous, du comité, devions maintenant décider, une fois les événements distancés, si son œuvre figurerait au catalogue de notre collection.

Je ne résumerai pas ici le contenu des discussions du comité. Je préfère communiquer des extraits des rapports de lecture de mes collègues. Le public pourra ainsi juger. Qu'on sache toutefois qu'au cours de conversations informelles, les membres du comité reconnaissaient l'extrême valeur de l'œuvre de Quirion, malgré leur mépris pour l'auteur. Sous le sceau de l'officialité, devant la secrétaire qui tenait le procès-verbal de nos réunions, leur discours ne fut plus le même. Ainsi G. déclara que «le voyeurisme et l'exhibitionnisme intellectuels de Quirion participent d'une thématique perverse pour le seul bénéfice des fractions cultivées de la classe dominante». P. affirma que «chez Quirion, il y a quelque chose d'artificiel dans ces emprunts aux auteurs consacrés et qu'au contraire, un art nouveau ne se fonde pas sur une inspiration directe et calculée, mais sur une inspiration inconsciente». Selon B., «des condensations intellectuelles comme celles que l'on retrouve chez Quirion se dissolvent dans un processus où, dans son effort, le mystique de l'idée retrouve la même hystérie sexuelle qui menaçait aussi les mystiques de Dieu».

Du moment que mes collègues se retranchaient ainsi derrière leurs analyses littéraires prétendument objectives pour maintenir l'opprobre sur la réputation d'un écrivain, il s'avérait impossible de contrer ces attaques. Selon le compte rendu de nos délibérations, j'ai essayé de démontrer que «dans les textes de Quirion tous les niveaux du message esthétique transgressent la norme avec une homologie parfaite». Je pouvais difficilement aller plus loin : d'une part, parce que j'étais celui qui avait soumis le dossier à l'examen du comité et, d'autre part, parce que la rumeur m'avait autrefois situé dans la mouvance de Quirion.

J'acceptai le résultat négatif du vote sans faire d'éclat. Mais dans la solitude du présent exercice apologétique, je ne suis pas tenu à une argumentation uniquement littéraire. Il me faut, pour faire place nette à la littérature, établir des circonstances atténuantes, sinon lever le voile qui persisterait dans les mémoires sur les motivations du geste tragique posé par Quirion.

À l'époque de la rédaction de son premier roman, Pierre Quirion fréquentait le café Boccace, comme nombre d'autres intellectuels pas tout à fait arrivés dont j'étais. Non pas pour y écrire, car le chasseur de clichés qu'il était se refusait à jouer les écrivains existentialistes. Hormis leur bavardage quotidien, Quirion et ses amis — que j'observais à distance — s'employaient à débusquer dans divers journaux et revues les articles qu'ils jugeaient idéologiquement désuets ou inacceptables sur le plan stylistique. Ils découpaient soigneusement les articles, les rassemblaient sous l'appellation «textes refusés» et les retournaient aux médias d'où ils provenaient.

Cet exercice ludique ne prit pas fin avec la célébrité subite qu'obtint Quirion à la publication de son premier livre ; au contraire, jouissant d'une plus grande aisance financière, l'écrivain recevait régulièrement chez lui. Et parfois jusque tard dans la nuit, ces lecteurs réunis traquaient impitoyablement la dernière sottise dans un corpus journalistique sans cesse élargi. On aurait pu croire que les éclats de rire et les innombrables bouteilles de bordeaux feraient tourner l'entreprise à vide, mais non : nous savons aujourd'hui que le travail du groupe stimulait la pensée de Quirion et constituait à la fois le substrat de son œuvre littéraire et de son œuvre plus secrète. Ce processus d'excision, l'auteur le pratiqua dans ses trois romans et sur des matériaux plus nobles, les textes des Anciens, mais en lui adjoignant sa face positive qu'est la réactivation. La chasse aux clichés proprement dite allait demeurer l'apanage de son œuvre officieuse.

Si je parle d'« œuvre » pour désigner cette activité à laquelle se livraient Quirion et ses amis, c'est qu'elle devait se transformer avec l'arrivée au pouvoir d'un parti de droite et de sa logique répressive. Peu à peu, les pourfendeurs de médiocrité cessèrent de retourner aux journaux et revues les articles primés. Quirion était maintenant mû par une idée supérieure, que ses disciples — avec la parution du second roman, l'admiration était devenue vénération — jugeaient géniale : reconstituer le discours politique à partir des déclarations des élus et des analyses journalistiques.

Pour ce faire, il fallait attendre que l'actualité apporte un événement digne d'intérêt — de préférence un scandale — et que les mécanismes de la distorsion se mettent en branle pour occulter la vérité. La reconstitution d'un tel discours, contrairement aux activités précédentes, s'effectuait dans le secret. Seuls les collaborateurs de Quirion avaient accès à l'énorme collage d'articles et de citations qui prenait forme sur de larges surfaces cartonnées.

Quirion nourrissait peut-être le projet d'exposer à l'intention du public le fruit de son travail à un moment déterminé, mais le cours des événements fut autre.

J'eus la chance d'assister, environ six mois avant la dissolution du groupe, à une séance de travail chez Quirion. Son troisième roman venait de paraître et Julie, une de ses disciples dont j'étais l'amant, espérait me recruter. Pour moi, apprenti éditeur et apprenti écrivain dans la vingtaine, c'était là l'occasion inespérée de mieux connaître cet homme singulier. Ma déception fut grande de ne pas pouvoir vraiment lui parler. Cette journée-là, la floraison d'articles sur les menées anti-subversives du ministère de la Défense occupait Quirion tout entier.

Dans un vaste local aux allures de salle de rédaction, une dizaine de personnes travaillaient, penchées sur de larges tables où divers journaux étaient étalés. Quirion, sans quitter la table centrale où il effectuait le collage définitif des coupures de presse qu'on lui apportait, gardait un œil attentif sur sa fourmilière. Si notre contact se résuma à de brèves présentations, Quirion m'invita néanmoins à observer à loisir le travail en cours. L'écrivain disposait sur la table des coupures de presse d'origines diverses, depuis l'interview jusqu'à l'éditorial, selon un ordre qui n'était pas nécessairement chronologique. Puis, il apportait certaines corrections avant d'effectuer le collage définitif.

À l'impression de totalité, fondée sur l'amalgame de voix jugées représentatives, s'ajoutait un fort sentiment d'unité, du fait que les collaborateurs avaient au préalable effacé toute trace de propriété intellectuelle, telle la signature ou le titre de la publication. Plus pervers encore, les guillemets indicatifs du caractère citationnel d'un texte disparaissaient.

Il m'est possible de donner ici un bref aperçu du travail de Quirion grâce au document que m'a remis Julie, parmi ceux qu'elle a réchappés à la dissolution du groupe.

Le ministre de la Défense a catégoriquement nié, hier, avoir autorisé une campagne de déstabilisation des milieux progressistes et/ou nationalistes. L'opposition a demandé la tenue d'une enquête pour faire toute la lumière sur les révélations d'un fonctionnaire à l'effet qu'un département du ministère de la Défense aurait procédé à des écoutes électroniques massives et versé des subsides à deux quotidiens identifiés à la droite fédéraliste. Le premier ministre a agi en homme responsable en refusant de prêter l'oreille aux allégations non fondées du chef de l'opposition. Instituer une commission d'enquête à chaque tentative de l'opposition de miner la crédibilité du gouvernement créerait un dangereux précédent. Les deux quotidiens impliqués dans l'affaire des fonds secrets du ministère de la Défense ont décidé d'un commun accord de ne plus reconnaître le caractère contraignant des décisions du Conseil de presse, qui les enjoint de produire leurs états financiers et de répondre aux questions d'un enquêteur indépendant. Salus populi suprema lex esto. Les derniers chiffres indiquent que, plus que jamais, la lutte au déficit constitue une des priorités de notre parti. N'oublions pas que, selon l'UNESCO, le Canada est le pays qui offre le meilleur standard de vie. Un haut fonctionnaire du ministère de la Défense aurait été mis en état d'arrestation pour avoir coulé des documents. Souriant et détendu, le premier ministre a affirmé que l'accouchement s'était effectué sans douleur et que son épouse se portait bien.

Cette page constitue le seul extrait de l'œuvre officieuse de Quirion que Julie ait consenti à me communiquer. Sa méfiance à mon endroit n'est pas imputable au dépit amoureux; après tout, c'est elle qui a choisi la clandestinité après l'arrestation de Quirion. Non, je crois que c'est plutôt mon détachement d'alors, mon refus d'adhérer à la bande de Quirion qui la rend aujourd'hui si parcimonieuse. Et puis, lorsque j'ai réussi à reprendre contact avec elle ces jours derniers, je n'ai pas voulu m'expliquer trop longuement sur mon regain d'intérêt pour Quirion. Julie n'a donc mis à ma disposition que le seul collage que j'avais consulté lors de ma visite chez l'écrivain. Des dizaines de collages originaux furent saisis lors de l'arrestation de Quirion; certains échappèrent à la police grâce à l'intervention rapide de Julie et d'autres membres du groupe. À la mort de Quirion, survenue en prison et de cause naturelle quatre ans plus tard, la Bibliothèque nationale aurait réclamé les manuscrits et notes de l'écrivain, pour se heurter au refus des autorités.

Mais beaucoup plus que la nature de son travail, ce qui attira mon attention lors de ma visite chez Quirion fut la transformation évidente qui s'était opérée en lui. Son air moqueur et son assurance d'autrefois, du temps du café Boccace, avaient fait place à une inquiétude quelque peu maladive et à une suspicion qui l'apparentaient aux révolutionnaires paranoïaques. Julie confirme mes impressions : dans les derniers mois, Quirion s'irritait pour un rien, se refusait à déléguer le moindre pouvoir décisionnel à ses collaborateurs et paraissait souvent absent lorsqu'on lui parlait. Se croyait-il l'objet d'une surveillance? À ce stade, ses activités demeuraient somme toute inoffensives. Peut-être discuta-t-on d'un plan d'action plus directe et la chose fut-elle ébruitée. Je ne sais pas; Julie est plus que réticente à parler des activités que projetait le groupe. C'est alors que survint l'affaire Lanthier, qui accéléra le cours des choses.

Ce n'est pas chose exceptionnelle que le rêve d'une justice omnipotente s'empare d'hommes prêts à tout pour le réaliser : tous se souviendront des tribunaux populaires mis en place par les Brigades rouges. Pierre Quirion fut de ces hommes. Mais à la différence de ses prédécesseurs, il condamnait avant tout les accusés pour «péchés de discours».

Jacques Lanthier appartenait à cette classe d'attachés politiques qui banalisent la vie parlementaire. La nuit venue, il fréquentait une caste moins conformiste, où le plaisir sexuel naît de la domination, de la soumission et de l'humiliation. Un soir, dans la fébrilité des gestes, un lacet ou un collier fut serré trop violemment. Un jeune prostitué mourut aux pieds de Lanthier.

Ce qui aveugla Quirion de haine ne fut pas, à proprement parler, l'acquittement de Lanthier, mais plutôt le plaidoyer que présentèrent ce dernier et son avocat, de même que les propos du juge et du procureur. Ce n'est pas tant la magouille entourant le procès qui choqua l'écrivain, mais bien la prévisibilité des discours. Selon Julie, Quirion s'était amusé à écrire le procès avant même qu'il ne débute. Il lui avait demandé de colliger des comptes rendus d'affaires judiciaires ayant impliqué des personnalités politiques. Entre le scénario que Quirion imagina et le déroulement du procès Lanthier, dont tous purent prendre connaissance par le biais des médias, la ressemblance était étonnante.

Lorsque le verdict de non-culpabilité fut rendu, Quirion convoqua ses collaborateurs à la première et unique séance du tribunal qu'il décida d'instituer : le Tribunal parallèle. Lanthier subit donc, *in absentia*, un second procès, procès fictif où Quirion assuma tous les rôles : ceux d'accusé, d'avocat, de juge et de procureur.

J'espère qu'on ne conclura pas hâtivement à la folie de Quirion. Je détecte au contraire une évolution certaine : Quirion délaissa la pratique du collage et de la citation en ne reproduisant pas la parole dévaluée du procès Lanthier qu'il s'était plu à prévoir. Il brûla ces pages et choisit plutôt d'improviser un discours neuf en prêtant à chacun des acteurs de ce second procès des répliques inédites. Ainsi, le procureur produisit un répertoire des pratiques sado-masochistes, l'accusé en gloussa de plaisir, son avocat lut à voix haute du Oscar Wilde et le juge entretint le jury du concept d'entéléchie.

En ces jours où je vois défiler quantité de manuscrits indigestes, je n'ai de cesse de relire les œuvres romanesques de Pierre Quirion. Leur inestimable valeur justifie, selon moi, l'œuvre officieuse dont le dernier chapitre est célèbre : peu de temps après la fin du procès, un soir d'octobre, l'écrivain retraça Lanthier, le poignarda jusqu'à ce que mort s'ensuive et se livra aux autorités.

Les générations futures excuseront les quelques nécessités qu'exigeait son art. Moi qui n'ai pas le talent littéraire de Quirion, cela m'affole de penser qu'il me faudrait au préalable écrire trois romans avant de pouvoir légitimement faire renaître, de ma propre main, le Tribunal parallèle.

L'écrivain public n° 1

Si je m'ouvre à mes collègues de bureau de l'angoisse que provoque en moi une toute petite phrase, ils s'étonneront. Si je leur cite la phrase : « Un instant, elle eut peur de voir sa résistance à l'envoûtement se dissiper. », ils se gausseront, m'attribueront une nature fantasque bouleversée par quelque médiocre roman d'amour. N'ayant qu'une connaissance très fragmentaire de ma personne — j'occupe mon poste depuis à peine un mois —, ils rempliront aussitôt les blancs, ils m'étiquetteront « célibataire vieille tante » à qui le moindre pathos romanesque échauffe l'esprit. Il me suffirait pourtant, si je désirais vraiment leur faire part de mes craintes ou solliciter quelques conseils, d'expliquer tout simplement dans quel contexte s'inscrit cette phrase.

Mais à vrai dire, je garde jalousement ma découverte. Ma contribution à l'aventure collective perdrait en importance si le cercle des participants en venait à trop s'élargir. Et ce danger demeure constant : il suffit qu'un noctambule possédant un ordinateur tombe sur l'émission de

35

télévision proposée par la 22ᵉ chaîne entre minuit et cinq heures pour qu'un autre écrivain public s'ajoute. Une augmentation de l'auditoire plairait bien au producteur de l'émission, mais gênerait la quarantaine de personnes — dont je suis — qui travaillent chaque nuit à l'élaboration d'un roman collectif. Tant que le taux de participation demeure modeste, chaque écrivain public pourra régulièrement suggérer une phrase. Mais que deux cents personnes s'intéressent au projet et un sombre anonymat couvrira l'aire de jeu où tantôt nous nous affrontons et où tantôt nous communions.

Je n'évoque pas cette hypothèse sans raisons. Il y a une semaine, alors que le jeu précédent (une partie d'échecs entre les auditeurs et l'ordinateur de la station) battait son plein, un accroissement subit de l'auditoire m'empêcha de proposer plus d'un seul coup, me condamnant ainsi à être le spectateur, malgré moi complice, d'une défaite.

Il n'est pas étonnant que la rédaction collective d'un roman ait succédé à une partie d'échecs sur cette 22ᵉ chaîne : dans les deux cas, mêmes virtualités presque infinies et même représentation métaphorique de la société. Je ne sais trop si l'analogie est manifeste. Pourtant, il m'apparaît certain que cet espace dynamique, où chacun d'entre nous fait un pas, s'avance et voit son geste soumis à l'approbation générale, a quelque chose d'identique au champ des activités humaines. Toutefois, entre la partie d'échecs télévisuelle et le roman collectif, deux différences majeures subsistent. En premier lieu, une modalité d'ordre technique : aux échecs, le coup joué est celui proposé le plus grand nombre de fois durant une période de réflexion de dix minutes ; au jeu du roman, la phrase suggérée par un téléspectateur est soumise à l'approbation de la majorité dix minutes durant. Si cette phrase est acceptée, elle s'inscrit définitivement dans le texte du roman, le participant a droit à une autre phrase, et ainsi de suite ; si elle est rejetée, le participant voit son nom relégué au bas de la liste des personnes désireuses de tenter leur chance (il ne conserve, durant cette période de disgrâce, que son droit de vote). La seconde différence entre les deux jeux est d'un tout autre ordre : aux échecs, on se ligue contre le puissant ordinateur, on éprouve le plaisir du déicide ; au jeu du roman, on recherche une unité sans cesse menacée par soi-même. L'ordinateur, impassible, ne fait que compiler les voix et s'assurer, par la vérification des codes d'entrée, qu'une personne disgraciée ne cherche pas à recouvrer son droit de parole trop rapidement.

La principale menace à conjurer, l'éparpillement du sens, et ce maelström de valeurs inhérent au jeu confèrent à l'élaboration du roman collectif un pouvoir de séduction inouï. Et qui dit séduction, dit angoisses plus ou moins secrètes. Qu'un simple jeu, qu'une toute petite phrase acceptée par la majorité à la clôture de l'émission d'hier me laisse en proie à l'agitation peut sembler exagéré. C'est que ce soir, en ouverture de programme, je reprends le fil de l'histoire après une période de disgrâce de deux jours. Et voilà que mon tour arrive au moment où l'histoire semble prendre une tournure mélodramatique ou, à tout le moins, donner dans la veine passéiste du roman psychologique. Encore heureux que la seconde phrase proposée par la personne qui me précédait ait été rejetée :

Mais elle préféra les consolantes vertus de l'ordre et de la raison.

Cette préférence pour de froides vertus était destinée à un renversement. Il s'avère d'ailleurs très rare que deux phrases consécutives d'un même participant soient acceptées, les téléspectateurs sacrifiant l'unité du texte à leur désir de se mettre en valeur. Une nuit, j'ai réussi l'exploit de tenir trois phrases ; mais me voilà maintenant dans une situation difficile : comment poursuivre et maintenir l'intérêt, moi qui n'aime ni le théâtre de boulevard ni les feuilletons télévisés ?

Si je pouvais faire glisser le texte du sentimental à l'érotique, je gagnerais à coup sûr plusieurs voix, mais la chose ne va pas sans risque. L'opérateur de la station joue le rôle de censeur et toute phrase licencieuse n'apparaît pas à l'écran (lorsqu'un participant perd son tour sans que sa proposition soit soumise au vote, on a tôt fait de comprendre de quoi il s'agit). Je dois donc, ce soir, plonger dans les abîmes sentimentaux d'une bibliothécaire célibataire — ces attributions n'émanent pas de mon clavier — ou alors colmater la brèche en douceur : changer le cours qu'a pris cette histoire sans heurter les téléspectateurs sinon les nuits à venir risquent d'être d'un mortel ennui.

Je suis assez content de moi. Tout d'abord, j'ai rejeté l'idée du plagiat, qui vient tout naturellement à l'esprit. À ce jeu, voler des mots s'avère inutile : à supposer que vous dénichiez, chez quelque auteur, une phrase adéquate et que, bernant votre conscience, vous trouviez une justification humoristique à votre emprunt, il y a très peu de chances que les participants — ne serait-ce qu'une poignée — se doutent du caractère frauduleux de votre phrase et applaudissent à la machination. J'ai imaginé ensuite une façon sûre de renverser la vapeur. Plutôt que d'opérer en douceur, j'appâterais la complicité méchante des autres participants aux dépens de la personne qui a commis cette phrase d'un goût douteux. Le procédé est éprouvé : si vous désirez contredire deux personnes qui viennent, d'un commun accord, de proférer quelque bêtise, mieux vaut s'attaquer à une seule plutôt qu'aux deux et choisir l'autre comme complice de l'humiliation, laquelle n'hésitera pas à trahir pour se sortir de ce mauvais pas.

Voilà donc ma tactique établie. Ce soir, lorsque j'aurai le loisir de poursuivre la réflexion de cette célibataire craignant de voir « sa résistance à l'envoûtement se dissiper », j'écrirai ces mots :

Puis elle éclata d'un rire aigu, comprenant qu'elle s'était laissé gagner à la psychologie d'un mauvais personnage de roman, amusée de constater à quel point nous sommes vulnérables aux fabulations les plus grossières, à quel point notre sens critique s'effrite devant le plaisir d'une lecture facile.

Ainsi sera mort-née l'amorce d'une idylle entre la bibliothécaire et cet usager qui provoque quelques remous en elle. Mais plus important, j'interdis l'usage d'un style fleuri appartenant à un autre siècle. Et tout cela sans excéder le maximum de cent mots par phrase prescrit par les règlements.

Trois jours de dépit et de ratiocination. Mon travail au bureau doit en souffrir. Où ai-je bien pu errer ? J'avais pourtant visé juste avec ma première phrase, ainsi qu'en témoigne son acceptation par 42 voix contre 3. Peut-être fus-je victime, dès ma deuxième phrase, de l'égocentrisme des participants avides d'écrire. Il est aussi possible que la direction que j'entendais donner au roman déplut.

Les cent premières phrases — environ dix pages — nous proposent le trajet de Mlle Deschamps depuis son domicile jusqu'à la bibliothèque, un aperçu de son travail routinier, sa conversation avec un usager qui lui fait du baratin, jusqu'à l'éclat de rire salvateur qui chassa ses mièvres pensées tout autant que l'usager. J'imaginais maintenant la bibliothécaire outrée de toute cette mauvaise littérature qui encombre son lieu de travail et décidée à se venger du refus des autorités municipales d'augmenter les fonds destinés à l'achat de nouveaux livres.

Le soir venu, rentrée chez elle, elle songea longuement à l'incident de l'après-midi et, peu à peu, se forma en elle le projet de subvertir ces romans d'amour qu'elle méprisait en y adjoignant ses propres commentaires en marge.

Ma proposition fut rejetée par 40 voix contre 5. Le geste médité par Mlle Deschamps fut sans doute perçu comme un sacrilège aussi ignoble que celui de la main qui altère les toiles exposées dans un musée. Pourtant, il y avait là la clé pour entrer dans la thématique du roman contemporain, où l'activité de subversion des livres existants — et là, on ne se contente pas des marges — fait bonne fortune. Sans doute, mon expérience de lecteur est-elle disproportionnée en regard de celle des autres participants. Il m'incombe de trouver une position médiane entre le cynisme et le désintéressement.

Vingt nuits ont passé. Nous approchons maintenant de la trentième page et Mlle Deschamps s'enfonce de plus en plus dans une existence morne et résignée. Je n'arrive pas à comprendre l'attitude des téléspectateurs qui, se voyant donner l'occasion de créer une fiction, se complaisent à reproduire un type d'existence aliénée que rien ne peut fissurer. J'ai vainement cherché un compromis en adoptant un style quelque peu compassé qui laissait tout de même place à d'éventuels comportements déviants. Après un essai qui se solda par un nouveau refus, je renonçai à soumettre d'autres phrases, me contentant d'user de mon droit de vote pour pratiquer l'obstruction systématique, mais sans grand succès.

Puis j'ai décidé d'entrer à nouveau en lice, réalisant que ce roman, même dénué de possibilités narratives intéressantes, constitue néanmoins un exercice ludique non négligeable et de loin préférable à la programmation de fin de soirée des autres chaînes. Ce soir donc, je tente à nouveau ma chance, mais cette fois sans espoir et avec cynisme puisque j'ai opté pour le plagiat.

Je sais avoir évoqué l'inutilité d'une telle pratique, mais la conjonction de mon désespoir et d'un accroissement du taux de participation m'autorise à penser que je trouverai peut-être un écho à mon humour de plagiaire.

Je débutai de façon assez grossière pour m'assurer que la nature de l'emprunt ne passe pas inaperçue et que la source soit facilement identifiable. Profitant d'un des nombreux moments d'introspection que les joueurs accordent à la bibliothécaire, je lui attribuai la réflexion suivante :

Quelle fatalité d'avoir une âme si douce et mystiquement tendre, et cependant, toujours, de tous les maux souffrir.

Je m'abstins évidemment de justifier ces paroles par quelque réminiscence littéraire susceptible d'avoir traversé l'esprit de la bibliothécaire. Le résultat ne me déçut pas : 63 pour, 7 contre. Les deux derniers vers de ce poème que je plagiais furent rejetés, sans grande surprise d'ailleurs, vu le nombre croissant de téléspectateurs. J'espérais maintenant voir un participant reconnaître dans ma phrase acceptée la propriété du poète Nelligan et établir avec moi une complicité de chapardeur.

Vers trois heures cette nuit-là, je fus récompensé. Mlle Deschamps évoqua le souvenir de sa mère en ces termes :

Elle me baise au front, me parle tendrement, d'une voix au son d'or, mélancoliquement.

À l'instant où cette phrase apparut à l'écran, je reconnus le style de Nelligan et je sus que j'avais un complice.

Cinq jours plus tard — cinq jours de joyeuse fébrilité —, je délaissai Nelligan pour un auteur dont le style se confondrait trop bien avec le pathétique du roman. À la recherche d'un bon cru sentimental, je potassai le roman d'une auteure française et dénichai cette phrase que je soumis vers les deux heures du matin :

Sur ce sentiment inconnu dont l'ennui, la douceur m'obsèdent, j'hésite à apposer le nom, le beau nom grave de tristesse.

Le succès remporté par ma phrase me laissa indifférent. J'espérais tout simplement que mon frère ou ma sœur dans le plagiat signe un nouveau forfait, ce qui advint deux heures plus tard. Bien sûr, la victime du vol ne fut pas à nouveau Françoise Sagan. Il eût été étonnant que l'origine de ma citation fût découverte dans un si court laps de temps. L'autre plagiaire — je sais qu'il s'agit du même grâce au numéro d'identification qui apparaît à l'écran — renchérit avec une phrase que je ne pus reconnaître. Mais peu importe, le rôle de voyeur — voyeur au second degré — ne me déplaît pas non plus.

Pendant un certain temps, mon complice et moi nous amusâmes beaucoup dans les marges du roman. Nous nous étions enhardis, choisissant des extraits selon leur seule valeur esthétique. De telles phrases ainsi dégagées de leur contexte prenaient l'allure d'objets hétéroclites lorsque proposées pour l'histoire de Mlle Deschamps, de sorte qu'elles essuyaient inévitablement un refus. Rien n'empêchait cependant qu'elles tiennent l'écran durant dix minutes, le temps du vote, et que notre petit jeu commun — qu'appréciaient, je l'espère, d'autres téléspectateurs — se poursuive. Ainsi, à la page 56, la bibliothécaire, rentrant chez elle, trouve sur le seuil de sa porte le cadavre de son chat étranglé. Je proposai alors la phrase suivante :

Peut-être, pensait-elle, est-ce sur le moment même que nous nous rendons compte, que nous admettons

qu'il existe un archétype du mal, que nous mourons ; et elle se rappelait l'expression qu'elle avait remarquée une fois dans les yeux d'un enfant mort, dans les yeux d'autres morts, cette indignation qui s'apaise, cet horrible désespoir qui s'évanouit, ne laissant plus que deux globes vides recelant dans leurs profondeurs immobiles l'image minuscule du monde.

Cette phrase ne figure pas dans le roman, qui se poursuit de la façon suivante :

Après un moment d'horreur ponctuée de vomissements, Mlle Deschamps sentit monter en elle le désir d'une vengeance égale à son indignation.

Le plaisir d'écrire ainsi entre les lignes, de produire un contre-roman que doit accepter en son sein le véritable roman, ne serait-ce que pour une éphémère période de dix minutes, est beaucoup plus intense qu'une honnête contribution à un roman voué à la banalité. C'est là ma perversion avouée.

Quelque chose d'étrange est arrivé. Je n'avais pu résister, il y a quatre jours, à l'envie de citer mon auteur préféré. Or, la nuit dernière, une autre phrase de cet écrivain apparut à l'écran. Je fus doublement surpris, car, d'une part, cet écrivain condamné à demeurer éternellement mineur — si mineur que j'éprouverais quelque honte à le nommer — est peu connu, et d'autre part, ce participant qui semble partager mes vues humoristiques et mes goûts littéraires n'est pas, ainsi qu'en témoigne son numéro d'identification, mon complice habituel.

Qu'un troisième larron se joigne à nous a tout d'abord nourri en moi pendant quelques jours l'espoir d'une subversion lente mais efficace du jeu, surtout que ce nouveau venu récidiva avec une phrase d'un écrivain s'étant jadis querellé avec mon auteur favori et l'ayant finalement supplanté. Mais, peu à peu, de voir évoquer cette querelle qui autrefois avait été une de mes préoccupations d'étudiant me laissa perplexe. Il pouvait s'agir d'une simple coïncidence, mais une autre hypothèse, tout aussi plausible, m'était venue à l'esprit.

À l'époque un peu lointaine où je fréquentais le collège, j'appartenais à un vague cercle culturel qui — il faut bien l'avouer — se caractérisait davantage par des attitudes partagées, comme le snobisme et le port de vêtements achetés à fort prix chez un fripier, que par des débats sérieux. Il arrivait cependant que nous polémiquions avec fougue sur la littérature ou le cinéma.

Parmi les membres de ce cercle, j'étais assez ami avec un dénommé T. Nous reprenions presque toujours la même discussion sur les vertus respectives de deux écrivains à la postérité inégale. Je ne me rappelle pas le détail de nos débats, mais cela concernait le refus de vulgariser, la littérature sans concession opposée à la fonction sociale du roman. Peu importe. Les deux écrivains que nous avions choisis pour défendre nos positions sont les deux mêmes qui viennent de faire leur entrée dans le jeu du roman collectif.

J'ai donc songé à T. en voyant évoqué à l'écran, par voie allusive, le débat auquel nous avions tous deux souscrit autrefois. Notre amitié, qui semblait destinée à se poursuivre par-delà les années de collège, s'était effritée alors que nous entrions dans la vingtaine. T. avait développé une psychose de type paranoïaque, qui rendait sa fréquentation quasi impossible. Il était venu s'établir à Montréal il y a trois ans et avait repris contact avec moi. La seule et dernière fois que je le revis, il m'avait accusé de diriger une campagne de calomnies contre lui. Je fis disparaître mon nom du bottin téléphonique et donnai ordre à la réceptionniste du bureau où je travaillais alors de ne pas me transférer ses appels.

Il était donc possible que T. ait eu vent de l'émission proposée par la 22e chaîne, en soit devenu un spectateur assidu, ait reconnu ma signature sous certains passages plagiés et ait cherché à entrer en contact avec moi en rappelant notre vieux désaccord. Ce soir ou demain, je devrais obtenir la confirmation ou le démenti de mon hypothèse.

Maintenant, je sais que c'est lui. Hier, j'ai procédé à une expérience qui s'est avérée concluante. Profitant de ce que Mlle Deschamps menait depuis deux semaines une enquête sur la mort de son chat, je suggérai qu'elle fût assistée par un voisin, un homme dans la trentaine répondant au prénom de T. Suggestion acceptée. La nuit suivante, il fut proposé que T. et la bibliothécaire dirigent leurs soupçons sur la personne de C., un fonctionnaire habitant le même immeuble que la vieille fille. La phrase fut inscrite dans le texte du roman. J'avais donc deviné juste, car T. cherche à m'impliquer dans la fiction.

Cet après-midi, une secrétaire m'a fait remarquer que je présente un visage fatigué. Sans doute se méprend-elle sur les causes de mon manque de sommeil — à peine quelques heures avant le début de l'émission. Elle ne connaît sans doute pas le jeu et ne peut surtout pas soupçonner que l'enquête de Mlle Deschamps et de T.

commence à produire quelques révélations sur ma personne. La plus sérieuse est que j'aurais participé, dans l'adolescence, à l'incendie de quelques boîtes aux lettres, symboles de l'occupation fédérale du territoire québécois. Inutile de dire que cette allégation renforce les soupçons de la bibliothécaire : un type pareil étranglerait un chat sans que ses mains tremblent.

J'avais décidé de ne pas pousser le jeu plus loin, de ne plus écrire sur T. Et pour lui, et pour moi, car le moment est mal choisi pour m'associer à des actions terroristes maintenant que je suis fonctionnaire. Mais il me faut réagir car T. ne s'arrête plus, multipliant les faits réels et fictifs au sujet de mon passé. J'ai songé à demander à l'opérateur de la station de télévision d'interdire toute nouvelle allégation à mon sujet, prétextant la calomnie, puis je me suis ravisé. Le mal est fait puisque n'importe qui prenant part au jeu peut obtenir, s'il possède une imprimante, une copie des pages déjà écrites. Que je cherche à reléguer mon personnage aux oubliettes, à l'intérieur des règles du jeu, ou que je réclame de l'opérateur qu'il efface certains passages ou qu'il interdise que mon nom soit à nouveau cité ne changera donc rien. Je dois me défendre par mes propres moyens, c'est-à-dire contre-attaquer.

Si la bibliothécaire apprenait que son allié T. a fait plusieurs séjours en clinique psychiatrique, si elle connaissait sa manie de la persécution et sa propension à modifier le passé à la lumière de ses fantasmes actuels, elle s'éloignerait rapidement de lui.

Voilà mon premier coup de semonce. Je souhaite que T. hisse le drapeau blanc.

Si je croyais disposer à tout le moins d'un sursis de trois à quatre jours, le temps que T. retrouve le droit de parole — si toutefois il n'avait pas décidé d'abandonner —, je me suis leurré. T. et C. sont maintenant des personnages du domaine public, à la merci de l'imagination de tous les participants. J'ignore si T. est encore suffisamment lucide pour comprendre que matériellement, en un si court laps de temps, je ne puis être responsable de la dernière affirmation à son sujet, à savoir qu'il a un jour été acquitté d'une accusation de pédophilie. Même si la suggestion a été rejetée, elle a dû faire des ravages dans le cerveau malade de T.

Quant à moi, je ne suis pas épargné pour autant. S'il doit s'avérer que je n'ai rien à voir avec la mort du chat, les lois du genre n'en exigent pas moins que mon dossier soit suffisamment chargé pour que la bibliothécaire soit convaincue de ma culpabilité et que le revirement final gagne en force. Mlle Deschamps apprend donc que je donne des soirées un peu particulières, au cours desquelles les mains se multiplient. Cela est faux, du moins dans la réalité extérieure à la fiction. Mais qui peut faire la nuance ?

Mon complice dans le plagiat — le premier — s'est désisté. Il n'a sans doute pu comprendre pourquoi j'ai réintégré les rangs de ceux qui participent sans humour à l'élaboration du roman. Il ne peut savoir que je suis engagé dans une lutte à finir avec T., qui a vraiment dépassé les bornes en donnant une description physique de ma personne et de l'immeuble où je travaille. Il serait

maintenant très facile pour un illuminé, désireux de vérifier l'existence de C., de localiser l'endroit et de chercher à
m'identifier. Devrai-je modifier ma coiffure ou porter en
tout temps des lunettes de soleil pour un simple jeu ?

> Après avoir si souvent entendu T. lui parler des chan-
> sons qu'il écrivait — mais qui ne trouvaient pas preneur
> auprès d'éventuels interprètes —, Mlle Deschamps fut
> sidérée, lorsqu'elle se donna la peine d'écouter une cas-
> sette démo, de n'y trouver que les élucubrations d'un
> schizoïde.

Je me souvenais d'avoir entendu T. me parler de ses aspi-
rations musicales — sa dernière lubie — lors de notre rencontre d'il y a trois ans. Les participants, sans doute peu
intéressés à voir l'intrusion de chansons dans le roman
qu'ils écrivent, rejetèrent mon idée. J'eus tout de même le
loisir d'imaginer un T. pétrifié d'angoisse durant les dix
minutes où cette phrase figura à l'écran. Dans son état,
voir son œuvre ridiculisée publiquement doit le plonger
dans toutes les transes.

> Mlle Deschamps prit C. en filature lorsque ce dernier
> sortit de l'immeuble de la rue Sherbrooke. Elle le vit
> obliquer vers le parc Lafontaine, et renonça alors à le
> suivre en raison de la réputation sordide qui entoure
> ce lieu.

Cette tentative fit long feu. Plus tard dans la nuit, le
roman s'enrichit des lignes suivantes :

> Dans l'univers mental fracturé de T., les forces du
> Dehors — c'est-à-dire C., les autres locataires de l'im-
> meuble ainsi que les usagers de la bibliothèque — s'en-
> tendent pour l'empêcher de réaliser son union avec

Mlle Deschamps. À l'âge de vingt ans, il avouait volontiers désirer encore ardemment sa mère; aujourd'hui, Mlle Deschamps, maîtresse de ce lieu rassurant qu'est une bibliothèque, était devenue la nouvelle figure maternelle.

La première phrase m'appartient; un autre participant a complété ma pensée. Formidable solidarité humaine : les téléspectateurs assoiffés de suspense ont délaissé le style mielleux des premières semaines pour une écriture beaucoup plus incisive. Ils semblent avoir choisi le thème de l'allié sûr dont on découvre tout à coup la double personnalité et la menace qu'il représente, formule éprouvée du thriller. T. doit maintenant s'imaginer que tous les adeptes du roman collectif sont ligués contre lui et qu'ils possèdent la clé donnant accès aux moindres replis de son cerveau.

T. m'a fait parvenir une lettre de menaces. Il affirme son intention de dénoncer mes prétendues activités orgiaques, ainsi que les messes noires auxquelles j'officierais et que j'inaugurerais par le sacrifice d'animaux domestiques. Si les autorités devaient demeurer impassibles, il verra lui-même à ce que justice soit rendue. Je pourrais alerter la police, mais il vaut sans doute mieux éviter une mention dans un dossier et laisser les participants s'occuper de T.

Par ce beau soir d'été, Mlle Deschamps décida de faire une promenade dans le parc derrière son immeuble. Elle emprunta le sentier qui serpente à travers le boisé avant de déboucher sur l'étang. À cet endroit, elle aperçut un homme agenouillé, cherchant visiblement à maintenir quelque chose sous l'eau. Tout en gardant une prudente distance, elle s'approcha jusqu'à ce qu'elle distingue nettement T., qui, à sa grande horreur, était en train de noyer un chat.

Tapis derrière la haie, l'un tout contre l'autre, T. et Mlle Deschamps observaient C., qui, les yeux injectés de sang, cherchait à attirer un chat à lui.

La première version de l'histoire prévalut. Alors que T. devait être l'objet de vives hallucinations, alors que les téléspectateurs s'ingéniaient à trouver une conclusion à son drame, je décidai de précipiter le dénouement de l'autre histoire, celle qui se déroule à l'extérieur du roman.

J'endossai mon blouson, gagnai la cour de l'immeuble où je n'eus aucune difficulté à trouver un chat à étrangler, et allai déposer sa carcasse devant l'appartement de T. Ensuite, je revins chez moi pour proposer une phrase, ma dernière. Une toute petite phrase refusée pour cause d'incohérence parce qu'elle invitait T. à jeter un coup d'œil sur le seuil de sa porte.

Le lendemain, alors qu'à l'écran on apprenait que T. était maintenant en clinique, je lui fis, coup sur coup, plusieurs appels anonymes pour lui annoncer qu'il avait été dénoncé et que son internement n'était plus qu'une question d'heures.

Deux jours plus tard, je lus dans les journaux que T. avait été arrêté alors qu'il tentait d'incendier l'immeuble abritant les locaux de la 22ᵉ chaîne, et qu'il devrait subir des examens psychiatriques avant la tenue de son procès.

Quant à la bibliothécaire, elle est allée trouver C. pour s'excuser de l'avoir soupçonné et épié. Une amitié est née entre eux, et la dernière phrase du roman laisse entendre que C. pourrait abandonner ses coupables pratiques de façon à être en mesure de répondre aux attentes plus saines de Mlle Deschamps.

Cette finale ne laisse pas de m'amuser, car à supposer que la bibliothécaire puisse exister, je crois au contraire que j'aimerais expérimenter ces pratiques raffinées dont le jeu du roman collectif offre un des visages les moins charnels.

Journal de Vendée

Souvent une sirène de temps de guerre déchire le ciel de Vendée. Le premier matin, je me suis levé précipitamment, un peu affolé. Je me suis habillé et suis sorti. Le jour n'était pas encore levé, mais il y avait, du côté du port, un café déjà bondé de pêcheurs. Sur un ton amusé, le tenancier m'a expliqué qu'il était arrivé quelque chose, sans doute un incendie pour lequel on appelait les pompiers volontaires. Tout en buvant un café pour masquer le but de ma visite, je songeais que j'avais commis une première erreur, signalé mon statut d'étranger au moindre bruit. J'ai dû faire une croix sur cet établissement. Si la sirène me surprend aujourd'hui encore, elle me rappelle à chaque fois de ne pas baisser la garde, de ne pas succomber à la torpeur des Sables.

* * *

On ne me trouvera jamais ici. Qui penserait à m'y chercher ? L'hiver venu, la populeuse station balnéaire de l'été redevient une petite ville de province, oubliée de tous. Pour se rendre aux Sables-d'Olonne, il faut, quelque part entre Nantes et La Rochelle, quitter la grande ligne ferroviaire qui va de Brest à Nice, et prendre une voie secondaire qui descend mourir sur la côte. J'étire parfois ma promenade quotidienne jusqu'à la gare, pour m'assurer de l'inactivité qui y règne.

* * *

Entre 12 h 30 et 14 h 30, la ville est déserte. Même les cafés ferment leurs portes. Un après-midi, je me suis retrouvé seul sur la place. Une jeune fille est passée en trombe sur sa bicyclette, l'air inquiet. Malgré le soleil, la scène était lugubre. Elle évoquait la brunante qui tombe sur la France des années quarante, celle qui envahit l'écran dans *Le Corbeau*, cet inquiétant film d'Henri Georges Clouzot.

Je tire un grand plaisir de ces promenades à l'heure du déjeuner. Chaque jour, je m'éloigne un peu plus de la vieille ville et explore les quartiers périphériques. Sur l'avenue Charles-de-Gaulle, il y a cette librairie à la grille tirée dont je peux contempler en toute solitude les titres en vitrine ainsi que, sur le mur adjacent, les lézardes, les avis publics et les plaques qui se détachent. Un peu plus loin, la poste, qui ne souscrit pas au rituel de la sieste, fait figure de phare. J'y entre parfois, en pure perte, car dans ma situation je ne saurais recevoir ou expédier de courrier. Je m'installe devant le distributeur automatique de timbres, j'appuie sur quelques boutons pour obtenir la tarification pour le Canada et, au dernier moment, j'annule l'opération.

* * *

J'aime penser que je suis le seul jeune homme désœuvré dans cette ville. Il doit bien y avoir quelques chômeurs saisonniers, mais on ne les voit pas. Quand je défile au Prisunic ou à l'Intermarché, je sens parfois peser sur moi le regard de femmes prématurément vieillies, épouses de marins, pêcheurs ou commerçants. Leur regard n'est pas concupiscent ; c'est plutôt le regard de petites gens fatigués qui en un instant débusque l'altérité. Il y a sans doute en moi quelque chose qui signale la différence : mes vêtements, mes traits, ma démarche, je ne sais trop. Dans quelques mois, quand le temps chaud ramènera vacanciers et itinérants, les effectifs policiers tripleront. C'est la gazette locale qui l'affirme. Le contrôle des étrangers et des Arabes reprendra. Il me faudra fuir.

* * *

Depuis mon arrivée aux Sables, je pense souvent à la conclusion de *La Nausée*, quand Roquentin s'écrie : « Bon Dieu ! c'est moi qui vais mener cette existence de champignon ? Qu'est-ce que je ferai de mes journées ? [...] À trente ans, j'ai pitié de moi ». La grande révélation de ce roman, quand je le lus pour la première fois, fut pour moi de découvrir l'âge du narrateur. Jusqu'aux dernières pages, j'avais cru avoir affaire à un historien grisonnant. Et voilà que je me retrouve, à quelques années près, dans la même situation que Roquentin, à parcourir les allées du jardin public, à feindre un intérêt pour le monument dédié aux fils de la France morts pour la patrie. Toutefois une chose nous sépare : je n'ai pas l'intention d'écrire un roman qui fasse honte aux gens de leur existence. Pour l'instant, ce que j'écris fait office de rempart contre l'écriture. Consigner des détails, retarder le moment où je vais confesser mon histoire, me donner un prétexte pour aller chaque jour au Bistrot du Remblai, voilà pourquoi je tiens ce journal.

* * *

Évidemment je triche un peu, car je n'ai jamais eu en mémoire des passages entiers de Sartre. Souci d'éditeur oblige, j'ai dû déroger à mes habitudes et me rendre dans une librairie pour vérifier le texte intégral. Mais j'ai fait d'une pierre deux coups, le hasard m'ayant mis entre les mains *Les Vacances de Maigret*, un Simenon dont l'action se déroule aux Sables. La photo de la couverture montre un palazzo du Remblai coiffé d'une tour baroque. À l'avant-plan, on aperçoit le refuge où j'écris, niché entre le sable et la rue. J'ai été terrifié par cette coïncidence, comme si les Presses de la Cité me pointaient du doigt en trépignant : «Il est là, il est là». Mais ma panique n'a duré qu'un instant : il ne faut pas m'étonner si le photographe et moi avons tous deux succombé au charme architectural des Sables, à ces petits cafés encastrés dans le Remblai.

* * *

Malgré mon expérience de l'édition, ces coïncidences entre la réalité et la fiction me surprennent toujours. Je vis depuis trop longtemps au milieu des pages imprimées et le souvenir de mon enfance est ponctué d'aventures livresques. Avant d'expérimenter la sexualité, je l'ai d'abord vue, un samedi d'automne, à la bibliothèque municipale : recroquevillé dans un fauteuil près d'une fenêtre au deuxième étage, un homme se masturbait en tenant de sa main libre un exemplaire de *Madame*, de Xaviera Hollander.

J'ai connu la mort de façon moins traumatisante : en me perdant dans le monstrueux *Autodafé* d'Élias Canetti. Mais paradoxalement, cette blessure s'est refermée plus lentement que la précédente ; et pendant longtemps, j'ai éprouvé une sensation de douleur en pensant au sinologue qui disparaît avec ses livres au milieu des flammes.

* * *

Après avoir passé la première semaine terré dans mon logis et la seconde à arpenter les rues étroites de la vieille ville, j'ai conclu à la nécessité de trouver un point d'ancrage hors de chez moi. Je ne pouvais plus supporter le regard inquisiteur des passants dans la maison de marin que j'habite. À quelles fins ces habitations ont-elles été construites ainsi : si basses, le rez-de-chaussée sous le niveau du sol, avec ces grandes fenêtres qui offrent la pièce principale au voyeurisme de chacun ? Je n'étais tout de même pas pour vivre les volets clos et me priver ainsi de lumière. Je ne voulais pas non plus quitter cette planque idéale pour laquelle je n'avais pas eu à signer de papiers, cette maison qu'un ami français avait mise à ma disposition sans poser de questions.

Après avoir exploré quelques bars au carrelage sinistre, j'ai finalement découvert le Bistrot du Remblai, auquel on ne peut avoir accès qu'en empruntant l'escalier qui mène à la plage. L'hiver venu, l'endroit est en panne de touristes. Il y a les habitués, des amis du patron, et moi. De sorte que je peux écrire en toute quiétude face à la mer. Mais le plus souvent, je pose mon stylo et assiste au spectacle parfois violent de la côte vendéenne — les chalutiers qui tanguent, les vagues qui viennent se fracasser avec violence sur la jetée — ou encore, par temps plat, à la lente progression de la marée qui, inévitablement, grimpera les marches pour menacer d'infiltrer ma tanière. Quand l'eau atteint le seuil, le patron, avec la nonchalance et la conscience aiguë du temps qui caractérisent les gens de la mer, place devant la porte un énorme panneau de bois. C'est là un moment privilégié : pour une heure, mon arrestation devient impossible. Dans cette atmosphère de complicité qui nous isole du monde, les autres et moi lions parfois conversation. Au milieu de ces échanges brefs, à bâtons rompus, je parviens sans effort à dissimuler mon accent québécois. Ici, on ne pose pas de questions. Et lorsqu'un match de foot ou de rugby est retransmis à la télévision, le silence est de mise.

* * *

Les dimanches d'hiver sont difficilement tolérables aux Sables. Tout semble pétrifié jusqu'à midi, que ce soit un jour de soleil ou de pluie. Même les tabacs demeurent fermés. À l'heure du déjeuner, quelques personnes — souvent seules et retraitées — se dirigent vers les restaurants. Vers 15 heures, les familles prennent possession des rues piétonnes et commerçantes, qui s'orientent autour de la fontaine. On achète un pain au chocolat, une gaufre, puis on gagne le Remblai. Là, on assiste et on se fond au spectacle de la journée finissante : avec ses promeneurs qui épuisent le même kilomètre de trottoir, avec ses enfants et ses chiens qui, à marée basse, s'agitent sur le sable, avec ses observateurs aguerris qui, depuis les bancs publics ou la terrasse des cafés, apprécient les manœuvres des bateaux qui rentrent au port.

Dès 17 heures, le soir tombe et dépeuple les endroits publics. Comme chacun, je rentre chez moi. Je tire les volets, moins pour m'isoler que pour soustraire les vitres à ce vent qui souffle avec violence presque chaque nuit de décembre à mars. Heureusement que le printemps arrive et qu'il saura effacer la morbidité des dimanches sablais, cette angoisse diffuse qui conduit parfois à penser au suicide.

* * *

Un an après la défaite référendaire de 1980, mon père demanda l'asile politique au gouvernement français. Il aurait pu se contenter d'un visa de séjour prolongé, mais il désirait poser un geste d'éclat. En quittant son poste de directeur de la Bibliothèque nationale et en renonçant à sa citoyenneté canadienne, il signifiait son intention de ne jamais remettre les pieds dans le pays qui l'opprimait. Je sais qu'il avait à la bouche des mots de mépris pour son peuple. Il ne les a jamais prononcés. Il opta pour une démarche plus pragmatique, qui fut facilitée par les nombreux contacts qu'il cultivait dans les milieux politiques et culturels français. Il négocia avantageusement sa retraite anticipée et put se porter acquéreur d'un appartement rue des Augustins, dans le quartier ancien de La Rochelle, à deux pas de la Maison Henri II. En refaisant à contre-courant le trajet qui avait mené son ancêtre de La Rochelle en Nouvelle-France, mon père avait voulu nier le passé, effacer le destin de ce peuple qui avait trahi l'Histoire en refusant de se donner un pays en terre d'Amérique.

* * *

Mon père m'attendait à la gare. Nous déambulons le long des quais pour gagner le vieux quartier. Nous parlons de gens que nous connaissons, mais sous l'angle de l'anecdote pure. C'est à ce prix que la communication peut être maintenue.

L'appartement de la rue des Augustins est toujours aussi agréable : pièces spacieuses et ensoleillées, objets d'art disposés selon une conscience affirmée de l'espace. Je m'installe dans la pièce qui fait office de bureau et qui est munie d'un divan-lit. La table de travail a été débarrassée de tout papier, les classeurs ont été verrouillés, sans doute pour freiner mes élans de curiosité. Mon père écrit-il ? Je ne saurais dire. À la maison, je l'ai souvent vu travailler à la description matérielle d'ouvrages ou à la rédaction de rapports. Peut-être se livre-t-il au plaisir de l'aphorisme dans la solitude de la retraite.

* * *

La vie quotidienne aux Sables ne pourra longtemps faire barrage à la mémoire des événements qui m'ont amené à me réfugier ici. J'ai beau multiplier mes visites à la boulangerie ou à la poissonnerie, compter les marches qui mènent au Palais de justice ou au Casino, je sais que je ne pourrai tenir indéfiniment le coup. Hier, j'ai pris l'autobus jusqu'à l'extrémité sud de la ville. De là, j'ai marché jusqu'à l'abbaye Saint-Jean-d'Orbestier, sise sur les hauteurs. L'édifice était fermé au public pour cause de restauration. J'ai lu très lentement un écriteau qui rappelait les origines de l'abbaye (XIe siècle) et le séjour qu'avait fait Richard Cœur de Lion en ces lieux. Je suis resté là à contempler la mer et à imaginer le célèbre roi d'Angleterre quittant sa patrie pour le continent. Puis, j'ai songé à cet Irlandais têtu qui, plusieurs siècles plus tard, traversait la Manche pour aller en France inventer la conscience incréée de sa race. Mon exil n'aspire pas à cette gloire.

* * *

« Un pays, c'est plus, c'est moins qu'un pays, surtout un pays double et dissemblable comme le mien, dont la voix ne s'élève que pour se contredire, qui se nie, s'affirme et s'annule, qui s'use et s'échauffe à lui-même, au bord de la violence qui le détruira ou le fera vivre. »

Toute la littérature québécoise tient dans cette phrase de Ferron.

* * *

Comment ai-je pu porter un jugement aussi péremptoire? La précarité des Sables devant l'océan, mes pas et mes gestes répétés quotidiennement, la fixité de l'horizon marin, tout concourt à me dépouiller progressivement de mes attributs d'éditeur. Je dois me méfier des formules brutales même si elles contiennent leur part de vérité.

* * *

Quand les morutiers rentrent aux Sables, ils viennent s'abriter derrière chez moi, dans un port artificiel creusé à l'intérieur de la ville, comme si l'océan venait mourir dans un L inversé. Une longue enfilade de quais permet d'observer les marins et les bateaux de pêche défraîchis. Quai de Franqueville, je m'arrête quelques instants, à la recherche du détail d'une citation, de la fin magistrale des *Gommes*, cette longue description énumérative d'un chalutier qui culmine dans les filets, les cordages, les couteaux et les hommes. Pourquoi si peu de romans québécois parlent de la mer? Par nécessité de s'accrocher à la terre? Crainte de l'expropriation, fantasme de l'antécédence. L'épopée véritable s'enracine pourtant dans la mer et non dans le sol.

* * *

Je n'arrive plus à saisir le mouvement de l'océan. Trop de nuances. Je ne perçois plus que ma solitude étale. Orphelin. Drôle de mot, qui fait penser à Orphée.

* * *

Parfois je marche dans les rues des Sables en feignant d'être l'objet d'une surveillance policière. Pour exercer mon œil, pour tromper mon inactivité. Je déambule nonchalamment avenue de l'ancienne Préfecture, puis bifurque soudain dans une impasse pour voir si quelqu'un va s'y précipiter à ma suite. Ou alors je m'engage dans la rue de l'Enfer, long ruban rectiligne tout juste assez large pour laisser passage à deux corps, et je me dissimule dans le renfoncement d'un portail en attendant quelqu'un qui ne viendra pas.

* * *

L'heure de partir est venue. Les touristes commencent à affluer, les policiers patrouillent les rues. Lundi, à l'aube, je me rendrai à la gare pour une dernière fois. Je verrouillerai l'appartement de l'impasse Louis-Imbert, déboucherai sur la rue Napoléon, prendrai à gauche rue de la Pie, longerai les quais éveillés du port de commerce avant de replonger dans le noir des rues endormies. Je prendrai l'omnibus de 5 h 40 pour La Roche-sur-Yon. Ce n'est qu'une fois là-bas, sur le quai, que je choisirai la direction à suivre. Le sud et la route de l'errance, qui me conduira je ne sais où, peut-être dans un mas des

Pyrénées. Ou le nord et Nantes, Paris, Roissy, la route qui me conduira à Montréal.

Une seule chose est sûre. Avant de quitter les Sables, il me faudra y passer un dernier dimanche et l'éprouver dans toute son épaisseur. Partager l'ennui des célibataires, la solitude des retraités, le rituel des familles. Me joindre aux vieillards et marins en congé qui, depuis les bancs publics du Remblai, contemplent la mer d'un regard qui affirme la conscience de la mort et la fragilité des choses humaines.

* * *

Je ne souhaitais pas sa mort. Enfin si, il m'est arrivé de la désirer, mais je ne l'ai pas cherchée. Je voulais tout simplement savoir pourquoi il verrouillait les tiroirs de son bureau, savoir s'il écrivait. Curiosité éditoriale autant que filiale. Il m'a surpris alors que je venais tout juste de prendre connaissance de papiers relatifs à une adoption. Je le croyais endormi depuis plusieurs heures, mais il était bien là dans l'embrasure de la porte. Il a semblé reconnaître immédiatement le document pâli que je tenais entre mes mains, frappé d'un sceau. Puis il m'a dit : «Je n'ai jamais su trouver le moment et le ton pour te l'apprendre». Jusque-là, je n'avais pas compris. Le prénom et le nom figurant sur le document n'étaient pas les miens. Alors tout a vacillé autour de moi : les meubles, les livres. Mon père s'est précipité sur moi, sans doute pour me procurer un appui. Je me suis accroché à son cou et j'ai serré, serré jusqu'à ce que mes doigts ne rencontrent plus de résistance.

Dirty Talking

Aujourd'hui je boude le lac Masson. Je me suis installé dans la pièce de travail de Ron avec l'intention de raconter mon histoire. Pour moi seul. Cela embête Ron que je ne sois pas avec lui sur la terrasse à siroter un verre de *chardonnay*, comme il qualifie indifféremment tous les vins blancs. Par contre, cela lui plaît que je profite de toutes les pièces de la maison et que j'apprécie le puits de lumière qui illumine son bureau.

— You know they shot *L'Initiation* in this house? The first really good French-Canadian movie. Just kidding.

Ron n'est pas vraiment raciste. Et il est très fier de sa résidence secondaire dans les Laurentides.

— If you don't show up outside pretty soon, I can't guarantee there will be something left to drink.

Je réponds avec mon sourire commercial. Ron s'éclipse.

* * *

Robert m'a recruté dans les toilettes de la gare Windsor. En fait, c'est moi qui l'ai sollicité le premier : « Pour vingt piastres, je te suce ; pour quarante, je fais la planche. » Il a répondu qu'il n'était pas gai mais qu'il voulait bien m'inviter au restaurant. Je me suis dit que s'il voulait jouer à « hard to get » et flamber son argent, c'était son affaire. Et puis j'avais faim, les clients se faisaient rares, alors j'ai accepté.

Nous sommes allés au Shed, sur Saint-Laurent. Certaines personnes me reconnaissaient et évitaient maladroitement mon regard. Je l'ai fait remarquer à Robert, mais il s'était rendu compte du manège, qui semblait l'amuser. Plus le repas avançait, moins je comprenais ce que je foutais là. Ce qui est sûr, c'est que j'ai fait le con. Tout d'abord, j'ai dressé la liste des personnalités homosexuelles de Montréal, puis j'ai raconté des anecdotes. J'ai attiré l'attention de Robert sur un acteur connu qui dînait en compagnie d'une femme :

— Tu vois ce gars-là ? Un jour, il m'a ramassé au parc Lafontaine pour m'emmener au théâtre dont il est le directeur. Et là, il a exigé que je mette des vêtements de femme avant de faire l'amour. Qui croirait ça ? Il est marié, père de famille.

Je ne sais pas ce que je voulais prouver. Que tout le monde est gai ? Que Robert en est un qui s'ignore ? J'ai fini par lui demander pourquoi il m'avait invité. « Pour avoir une histoire », a-t-il répondu. Puis, se rendant compte de la confusion, il a précisé : « Pour entendre ton histoire, pour me distraire ». Il m'a alors parlé de la petite société de production cinématographique qu'il dirigeait, de son ennui, de son besoin d'écouter parfois de vrais récits. Je me suis un peu emporté :

— Qu'est-ce que tu veux entendre? Le père violent, la mère alcoolique, l'inceste, le décrochage au secondaire? Tu veux voir les traces de piqûres? Tu serais content.

Robert s'est excusé et m'a proposé de me ramener sur mon «lieu de travail». Alors, évidemment, j'ai raconté toute ma vie sans me faire prier davantage. Je croyais qu'il allait être déçu puisque je lui ai parlé d'une enfance normale à Ville Lasalle. Bon, il y avait eu la dope au secondaire, mais rien de dramatique. J'ai affirmé que j'étais devenu prostitué par paresse, un peu comme j'avais abandonné mes études collégiales avant la fin du premier trimestre. Nous nous sommes laissés à la porte du Shed en nous serrant la main.

Encore aujourd'hui, je me demande ce qui a conduit Robert à la gare Windsor. Ignorait-il vraiment que c'était un lieu de drague et de prostitution homosexuelle? Tout ce que je sais, c'est qu'une semaine après l'avoir rencontré, je suis allé le voir à la boîte où il travaillait.

Robert a accepté de me recevoir même si je n'avais pas pris rendez-vous, au grand dam de la réceptionniste qui entendait bien empêcher une telle intrusion. J'ai toujours été allergique au protocole. J'ai refusé de prendre place dans un des fauteuils de cuir que me désignait Robert. Je suis allé droit à la fenêtre pour profiter de la vue panoramique de Montréal qu'offrait le bureau haut perché dans une tour de la rue University. Par provocation, j'ai gardé le silence pendant une minute ou deux. Cela ne semblait pas indisposer Robert, qui devait avoir l'habitude de ce genre de jeu. Puis je me suis jeté à l'eau :

— J'ai un projet à te vendre. J'ai écrit un livre à propos de tous les gens avec qui j'ai baisé. Je raconte mes débuts comme «commercial», puis je parle des clients les plus intéressants ou les plus célèbres que j'ai eus. On pourrait en faire un film. Qu'est-ce que t'en penses?

— Je n'ai pas entendu parler de ton livre. Chez quel éditeur as-tu publié?

— Ce n'est pas encore publié. Ils ont tous refusé mon manuscrit. La littérature québécoise est tellement frigide. Elle a honte de nommer les choses. Elle n'a pas encore découvert les joies du «dirty talking».

À son tour, Robert a semblé fasciné par le paysage urbain et a répondu sans me regarder, d'une voix un peu lointaine : «Ton idée est intéressante. En anglais, on appelle cela du *faction*, un mélange de faits réels et de fiction». Puis il m'a parlé d'un auteur que je ne connaissais pas et d'un roman qui racontait l'histoire de Juifs américains condamnés à mort pour avoir prétendument livré le secret de la bombe atomique aux Russes :

— L'intérêt du livre, c'est qu'il est raconté à la première personne par un Richard Nixon pitoyable, comme si c'était une biographie. Nixon, tu sais, le président américain qui allait être destitué. Avant, il était ministre de la justice. Il n'a pas du tout apprécié et a poursuivi l'auteur. Surtout pour une scène, je crois, où son personnage se fait enculer par l'oncle Sam dans un placard.

Robert cultivait l'ambiguïté. J'ai repris mon idée :

— Dans mon livre, il n'y a pas de fiction. Je raconte seulement les choses qui me sont arrivées. Par exemple, je connais un ancien premier ministre qui est gai, mais je n'en dirai rien parce que je n'ai pas couché avec, même si je connais du monde qui …

— Je vais réfléchir à ta proposition et te donner une réponse bientôt. Si tu veux m'excuser, j'ai une réunion dans quelques minutes.

J'ai quitté Robert en pensant qu'il ne me rappellerait pas, surtout que je ne lui avais laissé aucun manuscrit, seulement une idée. J'avais tort, évidemment. Dix jours après notre rencontre à son bureau, il m'a téléphoné :

— J'ai de bonnes nouvelles, Marc. J'ai parlé aux autres actionnaires de la boîte et ils sont emballés par ton projet. Cela n'a jamais été fait au cinéma. On pourrait tourner un bout d'essai d'ici deux semaines. Évidemment, tu aurais le rôle principal.

— Moi ? Je ne suis pas acteur. Je me vois plutôt comme le scénariste.

— Mais dans notre film, il n'y a pas de distinction entre les deux. C'est ton idée de faire un truc autobiographique sans tricher. Pour faire vrai, il faut que tu joues ton rôle. Et puis, tu as un physique d'acteur.

J'étais pris au dépourvu par la proposition de Robert. Se prostituer dans un stationnement ou dans un tourist room, j'ai l'habitude, mais baiser sur un grand écran où tout le monde pourrait me voir, même mes parents, c'est autre chose. J'ai tenté une diversion :

— Mais tes actionnaires et toi, vous n'avez pas encore lu mon manuscrit.

— Non, mais j'ai été séduit par ton *pitch*.

— Mon lancer ?

— Non, ton *pitch*. C'est comme à Hollywood. Un scénariste ou un réalisateur rencontre un producteur, et il

a quelques minutes pour résumer son film et le vendre.
Tu t'es bien vendu. Maintenant, j'attends ton manuscrit.
Je te donne ma parole : on fait un essai avec ton premier
chapitre, peu importe le contenu.

Je ne pouvais plus reculer. J'ai dit que j'enverrais le
manuscrit. Après coup, j'ai réalisé que j'avais involontai-
rement accepté de jouer mon propre rôle.

* * *

— Writing a letter to *Gay Forum*, Marc? Telling the
world I'm a great lover?

Je n'ai pas entendu Ron entrer dans la pièce. Au prix
qu'il me paie, je me sens un peu coupable de le laisser
seul, mais on n'est pas pour baiser tout le week-end.

— Just a few things to recollect before that cheapo
wine of yours burns all my brain cells.

* * *

Pour l'essai, Robert et Frankie, le réalisateur, avaient choisi
les pages où je raconte mes ébats avec un sous-ministre
du parti Libéral dans un condo de l'île des Sœurs. Pour le
rôle du sous-ministre, Robert avait embauché un acteur
beaucoup plus jeune que le personnage du manuscrit.
Quand je leur en ai fait la remarque, Robert et Frankie
m'ont expliqué qu'il était impossible de trouver un acteur
de 50 ans qui accepterait de jouer des scènes homosexuelles aussi réalistes. Je leur ai demandé ce qu'ils entendaient
par «aussi réalistes». Le réalisateur m'a répondu que je
devais faire vraiment comme si j'étais avec un client.

«Tout le film repose sur la notion de véracité», a ajouté Robert.

Sans entrer dans les détails de cette première scène tournée, je dois dire que j'étais plutôt nerveux et quand je voyais les techniciens attroupés autour du canapé où nous baisions, j'éprouvais un sentiment d'irréalité. L'autre acteur semblait avoir l'habitude et donnait l'impression d'être plus expérimenté que moi, ce qui ne correspondait pas à la réalité de mon manuscrit. Et quand il a voulu avoir une relation anale, là, j'ai refusé et j'ai tout arrêté. J'ai dit que je n'irais pas plus loin que le blow-job parce que c'est ça que j'avais fait la première fois, chez le sous-ministre. Les techniciens et le réalisateur semblaient étonnés et Robert, plutôt agacé. Il s'est contenté de dire «o.k.».

Les jours qui ont suivi l'essai, je n'étais pas anxieux. Au contraire, j'étais soulagé et presque heureux de faire des clients. Quand je me promenais à la gare Windsor et dans les allées du parc Lafontaine ou lorsque je filais à un rendez-vous en taxi, j'avais l'impression de continuer à créer. C'est ce qu'il y avait de particulier avec mon manuscrit : il était inachevé et toujours ouvert à de nouveaux chapitres.

Lorsque Robert m'a annoncé avoir obtenu les capitaux nécessaires à la production du film, je n'ai pas crié de joie. Je lui ai demandé un rendez-vous pour discuter du contenu du film. Robert m'a reçu en grande pompe le lendemain : scotch, cigares, et tout. Le contrat était prêt à signer. Moi, je voulais des assurances que le scénario allait suivre mon manuscrit. Robert a semblé surpris :

— Pourquoi cette question, Marc ? Évidemment qu'on va respecter ton manuscrit. Mais comme tu sais, un film, c'est toujours une adaptation. Il faut insister sur certaines scènes et en laisser tomber d'autres. On ne peut pas non plus dire les choses de la même façon dans un roman et dans un film. La narration aussi est différente.

— Justement. Qui va raconter l'histoire ? Est-ce qu'on va entendre ma voix ?

— On verra cela plus tard. De toute façon, on va surimposer la narration. On fera la bande sonore après le tournage, et on la placera sur le film. C'est une pratique courante.

Cela me semblait raisonnable. J'ai jeté un coup d'œil au contrat : le montant était très alléchant, mais j'y figurais seulement comme acteur.

— Est-ce que je ne devrais pas toucher un pourcentage des profits ?

— Comme c'est ton premier film, on rachète tes droits d'auteur et on augmente ton cachet d'acteur. C'est normal.

Au moment de partir, j'ai remarqué une photo encadrée qui était en évidence derrière la table de travail de Robert et qui m'avait échappé à ma première visite. Robert a semblé prendre plaisir à ma question :

— C'est Jean Paulhan, un éditeur parisien qui publiait ce qui compte. Paulhan adorait intimider les écrivains qu'il recevait à son bureau. Par exemple, il saisissait leur manuscrit ou leur dossier à l'aide de longs ciseaux de jardinage. Ou bien il demandait aux visiteurs qui le rencontraient pour la première fois : «Vous avez lu Piotr Grassinovitch ?» Avec ceux qui répondaient oui, il était impitoyable : «Et lesquels de ses romans? Ah vraiment? Vous en êtes certain? Cet auteur n'existe pourtant pas. Je viens de l'inventer.»

Robert a ajouté en guise d'explication :

— Avant de bifurquer vers les communications et le cinéma, j'ai fait des études de lettres. La littérature, c'est mon premier amour.

Les histoires de Robert ne m'amusaient pas et je suis parti en grommelant «à la prochaine».

Le tournage a duré deux semaines et s'est fait presque exclusivement en studio. J'ai obtenu qu'on tourne quelques extérieurs, mais ça m'a tout pris pour convaincre Robert et Frankie, qui parlaient sans cesse de dépassement du budget. L'ennui avec le studio, c'est qu'on se concentre sur la baise et qu'on néglige la drague, les approches incertaines que tentaient les personnalités et les hommes timorés ou mariés qui s'intéressaient à moi.

Pour un film d'une durée de 80 minutes, Robert et le réalisateur ont retenu cinq épisodes de mon manuscrit. En plus du sous-ministre libéral, j'ai recouché, pour la caméra, avec un directeur de théâtre dans les loges, un député conservateur, le président d'une compagnie d'aviation et un couple assez connu du milieu de la télévision. Pour ce dernier épisode, il y a eu une discussion avec le réalisateur. Dans mon manuscrit, il n'y avait pas de baise à trois. Un jeune acteur, vedette d'une télésérie, m'avait ramassé sur le Mont-Royal et m'avait ramené chez lui où son conjoint s'était contenté de nous regarder. Le réalisateur essayait de me convaincre que ce n'était pas crédible, même si c'était la vérité, parce que les spectateurs s'attendraient à une scène à trois. Quand Robert a dit que d'un point de vue objectif, Frankie avait raison, j'ai fini par céder.

Avant le tournage de chaque scène, Robert insistait pour que je prenne du viagra, mais je me contentais du spanish fly, une drogue que j'ai découverte autrefois dans les discothèques du village. Évidemment, cela ne donne pas les mêmes performances, mais il faut demeurer fidèle à certaines choses. Et puis, j'avais surtout besoin de me remonter le moral. Je trouvais le tournage très répétitif et ennuyeux. Dans mon travail de prostitué, il y a au moins de la place pour l'imprévu, la fantaisie et — on l'espère toujours — une rencontre qui va changer votre vie.

Après le tournage, j'ai ressenti un grand vide. Quand je ne travaillais pas, je téléphonais à mes amis et je les invitais au restaurant. Moins par générosité que par peur de me retrouver seul dans mon appartement. Un mois a passé, puis Robert m'a annoncé que le film était prêt. J'étais plutôt surpris de ne pas avoir été contacté pour le travail de postproduction.

Je me suis présenté à la boîte en pensant assister à une projection privée. Robert s'est contenté de me remettre une cassette. Il m'a informé de la décision des actionnaires de commencer par une sortie du film en vidéo seulement, «pour tester le marché» et un peu aussi par crainte de poursuites.

Je suis rentré à la maison en taxi, tellement j'avais hâte de voir le film. Et là, j'ai été cruellement déçu. Je ne reconnaissais pas ma vie à l'écran. Je m'appelais toujours Marc mais tous les autres personnages avaient changé de nom. On avait aussi éliminé toute référence permettant d'identifier trop directement les personnalités. Le montage n'était pas très élaboré, de sorte qu'on passait sans grande transition d'une scène de baise à une autre. La voix du narrateur ne se faisait pas souvent entendre,. et le ton était très différent de celui que j'employais dans mon manuscrit. Au générique, on utilisait même un pseudonyme pour mon nom d'acteur. J'étais devenu Mark Rock.

J'ai consulté un avocat, qui est à la fois un client et un ami. Après avoir étudié le contrat, dont je n'avais pas lu toutes les clauses, il m'a dit que tout était kosher et qu'il n'y avait rien à faire. J'ai exigé un rendez-vous de toute urgence avec Robert. La réceptionniste de la boîte m'a répondu que son patron n'était pas disponible cette semaine mais qu'il acceptait de me parler quelques minutes au téléphone. Robert a écouté mes récriminations, puis m'a dit, de sa voix pédagogique que je détestais :

— Le cinéma québécois est jeune et encore timide. Nous avons peur de pouvoir tout dire. Peut-être qu'un éditeur va finir par te publier, parce que dans un roman, on accepte toujours qu'une part de réalité entre dans la fiction. Tu n'as qu'à lire Balzac et Flaubert. Mais au cinéma, c'est différent. À l'écran, on voit des personnes réelles. Le spectateur s'identifie à elles, la distance tombe et cela devient dangereux. Il faut donc maintenir une barrière et c'est pour cela qu'on a apporté quelques petits changements dans l'adaptation de ton manuscrit. Je suis sûr que tu me comprends. Tu te reconnais sûrement ainsi que les autres personnages. L'essentiel est là, non ?

* * *

— Marc, what the fuck are you doing?

Cette fois, Ron ne s'est pas déplacé. Il m'appelle depuis la terrasse, comme un maître siffle son chien.

— I am about done, Ron. Just about done.

L'enfer des bibliothèques

Il y avait plus de trois heures que je corrigeais lorsque j'arrivai à la copie de D. Petit plaisir que je réserve toujours pour la fin, un peu à la façon dont on gère l'amour physique. Lire D. me réconcilie avec les ateliers de création littéraire. Cette jeune femme a voyagé, a vécu, comme on dit. Cela se sent à chaque ligne, même dans le plus banal exercice de style que je commande. Avec elle, je parviens à oublier la médiocrité étudiante par trop généralisée, et même le temps pluvieux qui sévit sur notre petite ville universitaire depuis le début du semestre d'automne.

La semaine précédente, j'avais entraîné mes écrivains en herbe du côté de la littérature fantastique. Je voulais les faire sortir de leurs récits convenus ou de ces journaux intimes dans lesquels ils racontent leur quotidien avec un réalisme plat. Sans trop vouloir orienter le texte de fiction qu'ils devaient remettre à l'atelier suivant, je leur avais parlé de mythes et d'inconscient collectif, de fantasmes et de transgression.

La nouvelle de D. s'intitulait «La femme au sourire rouge». Alléché par ces vers de Baudelaire qui figuraient en exergue : «La sottise, l'erreur, le péché, la lésine, Occupent nos esprits et travaillent nos corps», je me calai dans mon fauteuil et amorçai ma lecture, non sans m'être auparavant servi une généreuse rasade de vodka.

J'avais l'impression de me trouver dans une enclave de l'univers : ces milliers de livres disposés sur des tablettes forment des murs hauts de plusieurs mètres qui vous coupent de l'extérieur. À chaque fois que je déambulais entre les rayons, j'éprouvais ce sentiment à la fois rassurant et inquiétant d'être enfermé et protégé.

Tiens! un texte au masculin. C'est la première fois, je crois, qu'un(e) de mes étudiant(e)s investit l'imaginaire du sexe opposé. Voilà qui promet.

Un bref coup d'œil à ma montre m'indiqua qu'il ne me restait que quinze minutes avant la fermeture de la bibliothèque de l'université. Seuls les néons haut perchés empêchaient la nuit de pénétrer à l'intérieur. À cette heure avancée, j'étais seul à l'étage et une espèce de malaise indéfinissable, de même que la fatigue m'envahissaient. Je devais pourtant choisir un recueil de poésie québécoise pour mon cours du lendemain matin. Mes yeux glissaient sur les auteurs : Miron, Nelligan...

Puis soudain, une voix intérieure, cela devait être ma conscience, me chuchota que j'avais fait erreur. Je revins sur mes pas et alors ma main, comme si on lui en eût donné l'ordre, plongea dans les rayons et en

ressortit un livre. C'était *Les îles de la nuit* d'Alain
Grandbois. Cette étrange coïncidence me fit sourire.

Même si je ne crois pas à la prédestination, j'ai déjà fait
l'expérience du phénomène décrit par D. La bibliothèque
paternelle recelait quelques ouvrages érotiques, soigneusement dissimulés derrière des rayonnages d'œuvres fran-
çaises plus canoniques. Avec moult précautions, mon frère
aîné me refila un jour ce tuyau. J'avais onze ans. À moi,
qui me repaissais alors uniquement de récits d'aventures à
la *Bob Morane,* les acrobaties de Juliette, Justine et autres
créatures d'un certain marquis parurent incompréhen-
sibles. Des mots tels «foutre» ou «gamahucher» étaient
étrangers à mon lexique d'enfant. Je me rabattis donc
sur un des livres qui masquaient les œuvres de Sade : *Les
Mémoires d'outre-tombe* de Chateaubriand. Cet ouvrage
me sembla à peine moins hermétique que le précédent,
mais un épisode retint tout particulièrement mon attention. L'auteur y raconte comment, au collège de Dol, il
triompha de la violence physique et catholique qui devait
lui être infligée pour cause de désobéissance. Après avoir
décoché un coup de pied au préfet qui le menaçait de
son fouet, Chateaubriand s'écria : «*Macte animo, generose
puer!*» («Courage, noble enfant!»). Cette citation de Vir-
gile, cette érudition impromptue eut pour effet de dérider
le préfet et de suspendre la punition. Comme je venais
tout juste d'entreprendre mes études secondaires dans
un établissement du même type, cet acte de courage prit
pour moi des proportions extraordinaires. D'autant plus
que, placé dans une situation similaire dès la première
semaine de cours, c'est sans gloire que j'avais échappé à la

sanction : en présentant des excuses. Ce jour-là, dans la bibliothèque de mon père, je compris confusément que la vie copiait l'art.

Rassuré, ou plutôt pour me rassurer, j'ouvris le recueil et mes yeux se posèrent sur les vers suivants :

Et ces visages baignés de sang sous les sourires
Ô vie fatale et glacée comme le cristal
Pourquoi POURQUOI

Je m'aperçus que mes mains tremblaient légèrement, trahissant ainsi l'angoisse qui me cinglait l'âme. Ainsi donc, un recueil de poésie me ferait peur? Balivernes! Je tournai quelques pages dans l'espoir d'y trouver des vers paisibles et lyriques.

Parmi les femmes avec des ongles tristes
Et celles avec un sourire rouge.

C'est à ce moment que j'eus l'impression d'être observé. Mine de rien, je détournai tranquillement la tête et je l'aperçus. Elle me regardait, ses lèvres rouges me souriant. Les miennes tentèrent de répliquer, mais en vain. Je regardai rapidement ses ongles : ils avaient la couleur du néant. Je relevai les yeux pour rencontrer les siens. Ses pupilles reflétaient mon regard inquiet. Sous ses vêtements, je devinais des courbes parfaites. Ses longues jambes fines et dénudées possédaient l'empreinte du désir. Elles reposaient sur des talons aiguilles. Ses cheveux d'un blond cendré s'harmonisaient avec son chemisier beige et son tailleur noir. Je fus toutefois assez surpris de constater que ses vêtements semblaient assez démodés malgré leur harmonie. Mes yeux retournèrent à ses lèvres sensuelles qui me causaient quelque

80

effroi. Elles dissimulaient à peine un sourire étrange, voire cruel.

Ce passage accuse plusieurs des clichés qui passent dans le regard des hommes. Il traduit parfaitement l'essence du fétichisme masculin. Je me demandai un instant si D. ne s'était pas projetée dans cette femme fictive; mais non. D. ne se maquille ni ne s'habille de façon outrancière. Il est vrai qu'elle a les cheveux blonds et que ses jambes attirent le regard des étudiants.

Les paroles que cette belle et mystérieuse inconnue m'adressa me firent quelque peu sortir de ma torpeur :

— Vous vous intéressez à la poésie?

— Je... Je fais des études en littérature et je suis un cours de poésie.

— Aimez-vous ce recueil?

J'allais lui demander de quel recueil elle parlait lorsque je réalisai ce que je tenais entre les mains. Je lui répondis :

— Les quelques vers que j'ai lus m'ont semblé...

— Inquiétants?

J'esquissai un sourire, mais ce n'était pas un sourire. Elle reprit :

— Il reste quelques minutes avant la fermeture. Si vous le voulez, nous pourrions discuter poésie. J'ai un bureau au bout de l'allée.

J'aurais probablement refusé si je n'avais jeté un dernier regard sur cette femme d'une beauté inhumaine. Je répondis que cela me ferait grand plaisir. Mes pas s'enchaînèrent aux siens et je me retrouvai rapidement dans un de ces cabinets de travail mis à la disposition des étudiants de 2e et 3e cycles.

La pièce dégageait une chaleur difficilement supportable. Les volets étaient clos de sorte qu'on ne pouvait que deviner la lune qui dominait les ténèbres. Une petite lampe éclairait faiblement le bureau. Des objets hétéroclites contrastaient avec les meubles conventionnels sur lesquels ils reposaient. Les rayons regorgeaient de livres qui auraient pu être des grimoires. Je levai vers elle un regard interrogateur. Elle rompit le silence par un sec « Asseyons-nous ». Elle prit place derrière son bureau, tandis que j'attirai une chaise vers moi, tout en me rapprochant d'elle.

— Pour répondre à votre question, j'écris une thèse de maîtrise sur la civilisation romaine ; mais je m'intéresse également à la poésie québécoise. Les deux sujets me semblent très liés.

Je ne la questionnai pas sur cette dernière affirmation, qui pouvait sembler étrange.

Je jetai plutôt un nouveau regard sur la pièce. Cela ne fit que renforcer mon impression première, à savoir que cette pièce dégageait un je-ne-sais-quoi qui n'était pas sans m'inquiéter. Décidément, mon imagination débridée par la fatigue me jouait des tours. J'interrompis mes réflexions pour lui demander :

— Mais votre thèse, sur quoi porte-t-elle précisément ?

— Sur la sorcellerie.

Ses paroles me firent l'effet d'un coup de poing reçu en plein cœur. Je voulus éluder le sujet par une question :

— Quels sont vos poètes préférés ?

— Connaissez-vous le latin ? répondit-elle.

82

J'étais complètement subjugué par l'autorité qui émanait de cette femme. Je lui répondis affirmativement, ayant fait mes études dans une institution catholique.

— Tenez, dit-elle en me tendant un vieux volume cartonné ; jetez-y un coup d'œil.

Je commençai à le feuilleter puis relevai soudainement la tête, mû par une intuition. Mon interlocutrice rebouchait une bouteille, après avoir rempli deux verres. J'étais quelque peu étonné. Elle sembla avoir lu dans mes pensées, car elle éclata de rire et me dit :

— Ce n'est que de l'armagnac. J'en offre toujours à mes invités spéciaux. Mais à voir la tête que vous faites, on croirait que vous craignez quelque chose. Rassurez-vous, ce n'est pas un philtre.

Que pouvais-je répondre ? Je saisis le verre qu'elle me tendait, le portai à mes lèvres, et après un bref instant d'hésitation, en bus une gorgée. Le goût n'était pas désagréable. Je la regardai : un sourire éclata sur ses lèvres. La vigueur de l'alcool me donna le courage de jeter un coup d'œil sous le bureau, où ses jambes se croisèrent un instant dans une étreinte inoubliable.

Avant d'exercer ce métier, je ne soupçonnais pas ce qui peut se passer dans le bureau d'un professeur de littérature. Certain étudiant vous confiera en tremblant et avec des trémolos dans la voix qu'il ne parvient plus à se concentrer ; une autre vous apprendra qu'elle doit se faire avorter. Et puis il y a tout le jeu de la sexualité : sa latence séculaire dans le rapport élève/maître ; sa représentation explicite et ses contenus implicites que l'on dégage dans les œuvres au programme. Un homosexuel cherchera à connaître votre orientation. Une étudiante vous parlera de Freud, de Barthes ou de Lacan, abordera le thème de la jouissance ou du tabou tout en observant votre réaction. Ne jamais rien dire, ne jamais fléchir.

J'eus bientôt vidé mon verre. Je portai mon attention sur les inscriptions latines du livre entrouvert sur mes genoux : « *Peregrinarum mulierum amore peribis* ». C'est à partir de ce moment que tout se précipita. L'haleine chaude de la femme au sourire rouge me caressa le visage. Je relevai la tête juste à temps pour la voir plaquer ses lèvres contre les miennes. Elle me prit la main et je me levai. Mon corps me semblait anormalement lourd. Mes genoux vacillaient. Était-ce l'horrible citation latine ou bien la fatigue qui me faisait ainsi fléchir ? Ou alors, avais-je été drogué ? Je ne saurais trop le dire. Étendu au sol, nu et à demi conscient, je réalisais par moments que nous étions enveloppés dans une longue et violente étreinte qui m'abolissait.

La femme au sourire rouge formulait des incantations, les bras levés vers le ciel. Les paroles latines qu'elle prononçait ne faisaient que s'entrechoquer dans mon esprit annihilé. Leur sens m'échappait complètement. La chaleur était devenue suffocante. La sueur ne perlait pas seulement sur mon front, mais sur tout mon corps. J'étais cloué au sol, pétrifié d'angoisse, incapable d'effectuer le moindre mouvement. Les ordres que lançait mon cerveau ne parvenaient plus à mes muscles. Et la porte qui n'était qu'à un ou deux mètres !

Soudain quelqu'un remua au fond de la pièce. Quoi ! Nous n'étions pas seuls ? Je n'avais pourtant aperçu jusque-là aucune autre personne. Puis quelqu'un sortit de l'ombre et parvint à la hauteur du bureau où la lampe éclaira ses traits. Jamais un visage ne m'inspira autant d'horreur : c'était MOI.

Je croyais halluciner. Non, ce n'était pas un sosie. Il possédait la même figure, le même corps et portait des vêtements identiques à ceux qui formaient un tas près de moi. Cependant, sa physionomie différait quelque peu de la mienne en ce qu'elle n'était pas déchirée par l'horreur. Lorsqu'il adressa la parole à la mystérieuse femme, je reconnus ma propre voix :

— Merci, dit-il.

— Ce n'est pas uniquement moi qu'il faut remercier, répliqua-t-elle.

Mon propre double se tenait devant moi, souriant à la femme au sourire rouge. Je ne peux décrire les sensations qui m'oppressaient alors. J'étais sûrement en plein cauchemar. Elle m'apostropha :

— Je vous avais pourtant prévenu. La citation latine n'était-elle pas limpide ?

J'étais incapable de répondre. Elle continua :

— Il est maintenant temps de céder votre place. Le désir vous a perdu. Le sort que je vous réserve est pire que la mort. Ouvrez le recueil de Grandbois à n'importe quelle page. La corrélation entre la civilisation romaine et la poésie québécoise vous apparaîtra évidente.

Mes doigts tremblants tournèrent fébrilement quelques pages et s'immobilisèrent. Ces vers horribles me sautèrent au visage :

Fermons l'armoire aux sortilèges
Il est trop tard pour tous les jeux
Mes mains ne sont plus libres
Et ne peuvent plus viser droit au cœur
Le monde que j'avais créé
Possédait sa propre clarté
Mais de ce soleil
Mes yeux sont aveuglés

Mon univers sera englouti avec moi
Je m'enfoncerai dans les cavernes profondes
La nuit m'habitera et ses pièges tragiques
Les voix d'à côté ne me parviendront plus.

J'étais paralysé par l'horreur. Mon double et mon amante cruelle me rhabillèrent. Je fus entraîné à l'endroit précis où j'avais fait la rencontre de cette femme. J'aurais voulu crier, mais aucun son ne sortait de ma bouche. Je me vis debout près de la femme aux lèvres rouges, puis un voile noir couvrit mes yeux...

C'est à ce point du texte que ma lecture fut interrompue par la sonnerie du téléphone. Je ne fus pas vraiment surpris d'entendre la voix de D. Elle voulait savoir ce que je pensais de sa nouvelle. En m'efforçant d'adopter un ton sec, je lui répondis que je comptais rendre les travaux la semaine suivante. Elle répliqua qu'elle ne saurait attendre, qu'elle devait d'urgence me parler de problèmes qui débordaient le cadre du cours. Elle m'annonça son arrivée imminente. Je voulus lui opposer un refus, lui dire qu'il était passé dix heures, mais ma voix était inaudible.

Elle arriva vingt minutes plus tard. Je l'accueillis au salon, mais nous savions tous deux que ce ne serait qu'un lieu transitoire. Elle lut mes annotations pendant que je m'évadais dans un autre verre de vodka, puis nous nous dirigeâmes sans mot dire vers ma bibliothèque. Là, au milieu des livres qui jonchaient le plancher, dans ce qui jusque-là avait été mon sanctuaire, nous fîmes l'amour. Nous avons parlé juste avant l'orgasme, qui nous est venu très doucement.

La lumière du plafonnier me brûla les yeux. J'étais couché dans un lit. Des chaînes munies de cadenas immobilisaient mes chevilles et mes poignets. Ma chambre ne possédait aucun autre meuble que le lit auquel j'étais attaché. Quatre murs blancs et dénudés s'offraient à ma vue.

Le bruit d'une clé qu'on introduit dans une serrure me fit tressauter. Une femme et un homme vêtus de blanc entrèrent. La femme prit la parole :

— Vous avez dormi durant quarante-huit heures. Comment vous sentez-vous ?

— Où suis-je ?

— Dans une maison de repos.

— Mais qu'est-ce que je fais ici ?

— Un agent de sécurité vous a trouvé inanimé en pleine nuit à la bibliothèque de l'université. D'ailleurs, je ne comprends pas comment vous avez pu échapper à l'attention des gardiens qui vident les lieux à onze heures. Enfin... Lorsqu'il a voulu vous relever, vous lui avez sauté à la gorge et essayé de l'étrangler. Vous le traitiez d'imposteur. Au cours de la bagarre qui s'ensuivit, votre tête heurta un mur et vous avez perdu connaissance. Les policiers vous ont transféré ici. La nuit dernière, vous avez déliré. Vos propos étaient incohérents : vous parliez d'un double, d'une femme au sourire rouge, d'amour, de citations latines et de poésie. Bref, vous souffriez de *delirium tremens*. Vos lectures et un surmenage vous ont troublé l'esprit pendant quelque temps. Maintenant vous êtes sous observation. Si tout va pour le mieux, vous pourrez sortir dans quelques jours.

— Mais je ne suis pas fou ! m'écriai-je. Écoutez-moi, je vous en prie ! J'ai maintenant un double potentiellement dangereux qui, dissimulé sous mon identité, est étudiant en lettres ici ou dans une autre université.

Le médecin me regarda avec tristesse et dit à sa collègue, sans vraiment se soucier que je l'entende :

— C'est bien ce que je craignais. Il souffre d'un dédoublement de la personnalité. Parmi les étudiants, le nombre de cas est d'ailleurs plus élevé chez les littéraires. Chez certains, des lectures soutenues peuvent provoquer à la longue une réaction psychotique.

Ils se retirèrent et la porte se referma lourdement.

Plusieurs mois ont passé. J'ai obtenu l'autorisation de pouvoir marcher quelques heures par jour dans le parc de l'institut psychiatrique où l'on m'a enfermé par erreur. J'ai aussi obtenu la permission d'écrire. On m'a transféré dans une chambre plus humaine, meublée d'un lit (sans chaînes), d'une table et d'une chaise. Je peux donc raconter cette histoire à un lecteur imaginaire.

Il n'y eut qu'une seule fois, mais ce fut suffisant pour que je me retrouve devant le comité de discipline. Qui a porté plainte ? On n'a pas voulu me le dire. D. ? Je ne peux pas le croire, car cela signifierait que son texte n'était qu'un piège, que j'aurais été empoisonné par les mots. Ai-je été dénoncé par une autre étudiante du groupe à qui D. se serait confiée ? L'avocat mandaté par le syndicat des professeurs m'expliqua que la victime de harcèlement sexuel peut être une tierce personne qui se sent lésée. J'aurais voulu crier à l'absurde, mais l'avocat m'en empêcha. Il avait trouvé un compromis. Les mots « abus », « position d'autorité », « séquelles psychologiques » furent prononcés. C'est en silence que je me résignai à répliquer par cette phrase d'un personnage de Camus : «Ils courent construire des bûchers pour remplacer les églises». Cette concession m'évita le congédiement. Je fus néanmoins suspendu sans salaire pour un semestre.

Il y a deux mois, j'ai subi un traitement par électrochocs. Je me dois maintenant d'être moins violent si je ne veux pas que mon corps soit à nouveau secoué par des décharges électriques. Aux crises du début a succédé une apathie presque complète. Bien qu'inoffensif, je ne peux pas être libéré tout de suite, car, selon mon médecin, un schizophrène demeure encore dangereux plusieurs semaines après sa crise. J'ai donc cessé de lui raconter cette histoire effroyable que j'ai vécue. Même qu'il y a quelques jours, j'en étais venu à douter de mon aventure. Mais hier, j'ai eu l'horrible confirmation de ce drame.

En fin d'après-midi, on m'annonça que j'avais une visite. J'en fus d'autant plus étonné que je n'ai plus de famille directe et que, de tempérament plutôt asocial, je n'ai pas vraiment d'amis.

L'infirmier ponctua son annonce d'un coup d'œil complice. Je me dirigeai, intrigué, vers le parloir. À l'intérieur, on m'indiqua un siège au fond de la pièce. J'y pris place. De l'autre côté de la baie vitrée se tenait une très jolie femme aux ongles tristes et au sourire rouge. À sa vue, je paralysai. Des images confuses assaillaient mon cerveau. Soudain, elle déplia le journal qu'elle avait sous le bras et le plaqua contre la vitre. Un quotidien de Montréal titrait en première page :

DEUX ÉTUDIANTES VIOLÉES ET ÉTRANGLÉES AU PAVILLON HUBERT-AQUIN DE L'UQAM. LE MEURTRIER COURT TOUJOURS.

Je me suis installé à la campagne, dans une maisonnette dissimulée derrière les arbres. J'ai d'abord lu deux ou trois romans avec difficulté, puis quelques pages çà et là, et enfin plus rien. Mes collègues et amis m'ont déserté un à un malgré leurs promesses. Le téléphone sonne souvent, mais je ne réponds plus. J'ai la certitude que c'est D. et qu'elle veut me soumettre un nouveau texte.

À la recherche de Thomas Pynchon

René pressait le pas, ce pas altier qu'il jugeait digne de sa profession d'archiviste, afin de ne pas rater le dernier autobus qui dessert la banlieue. L'étroite salle qui fait office de gare, rue de la Gauchetière, offrait le spectacle habituel du vendredi soir : ados grunge en mal de violence, paumés en quête de cigarettes, banlieusards repus de distractions urbaines.

Une femme d'une cinquantaine d'années — dépenaillée, pensa René, en s'interrogeant dans un deuxième temps sur la singularité de son vocabulaire — était visiblement ivre. Elle fixait un Noir à la carrure athlétique qui, lui, cherchait à éviter ce regard gênant. Elle abandonna, progressivement, à la grande déception de René. Celui-ci porta son regard sur un couple âgé qu'accompagnait un chien. L'homme caressait affectueusement l'animal sous l'œil attendri de sa femme. Soudain, la femme pinça l'oreille du chien, qui se retourna alors pour lui mordiller la main, permettant ainsi à l'homme de lui tirer brutalement la queue. René cherchait à lire les émotions du chien, qui ne savait plus s'il s'agissait d'un jeu. Le couple répétait le manège en accélérant le rythme. Alors que les gens regardaient la scène sans réagir, René songea qu'on passe de l'attendrissement à la cruauté comme l'enfant abandonne le «il» pour le «je» lorsque sa conscience et son corps s'unifient.

Très perplexe devant son analogie, René délaissa momentanément le couple pour reporter son attention sur la femme ravagée. Elle se leva et se dirigea vers lui, titubant légèrement. Elle fixait le gobelet de café qu'il s'était procuré dans la machine distributrice, et réclama une gorgée. Après une brève hésitation, René y consentit. Elle buvait lentement en scrutant son visage. Elle confia à René qu'elle quittait définitivement la ville pour aller s'établir sur la Rive-Sud, chez sa sœur. Près du siège qu'elle occupait, un sac fourre-tout débordait de vêtements et d'objets divers. Soudain la femme éclata de rire en constatant que la fermeture éclair de son pantalon était «encore descendue.» Elle ne remédiait pourtant pas à la situation, affirmant que c'était inutile vu son excédent de poids. René la détailla alors attentivement : trapue, ventre proéminent, visage anonyme, mais très belle chevelure. Il l'entendit suggérer d'aller boire un verre. Il allait prétexter le départ imminent du dernier autobus mais se ravisa, comme pour vaincre cette peur du laid qui l'étreignait à nouveau.

Ils se dirigèrent vers le fleuve avec la conscience des bars délabrés du port. Ils trouvèrent un endroit encore ouvert. Même après plusieurs cognacs, René arrivait à rationaliser ce désir de la prendre qui montait en lui : il se remémorait le concept de «nostalgie de la bassesse» formulé par un psychanalyste allemand. Une fois dehors, ils cherchèrent une ruelle d'un accord implicite. Lorsqu'il la vit adossée contre un mur de briques, René comprit qu'il devrait vivre cette relation sexuelle dans l'ambiguïté. Il s'agenouilla devant elle, fit glisser son pantalon, puis son slip et regarda le sexe de la femme. Il n'était pas facile de distinguer les grandes lèvres des replis de cette chair adipeuse. Cela ne l'excitait que davantage. Il pressa son visage contre elle, enfonça sa langue dans son vagin avant de remonter chatouiller son clitoris. Elle gémissait doucement tout en caressant les cheveux de René. Elle jouit rapidement, à peine une ou deux minutes après le début de ce cunnilingus appliqué. Dans sa torpeur éthylique, elle ne savait trop comment poursuivre les ébats. Mais cela n'intéressait pas René : il ne voulait surtout pas qu'elle touche son corps.

Il s'enfuit en courant, puis retrouva progressivement son pas altier. Il marcha au hasard et se retrouva rue Sainte-Catherine, devant les blocs de béton qui occupent un terrain vague. Plusieurs punks s'y étaient attroupés, attirés là par la proximité du bar Les Foufs. Une fille distribuait des tracts, que les passants refusaient ou acceptaient pour s'en débarrasser quelques mètres plus loin, sans y avoir même jeté un coup d'œil. René ne pouvait détacher son regard d'elle ou plutôt des vêtements de cuir, agrémentés de clous, qu'elle portait. Il essayait d'imaginer la sensation du cuir contre la chair nue, sa chair à lui, s'il se retrouvait contre elle dans un lit. Conscient qu'il la regardait depuis trop longtemps, René prit le tract que lui offrait un gant aux extrémités coupées.

Dans le taxi qui le ramenait à la maison, et qui lui coûterait cher parce qu'il habitait Chambly, René entreprit de lire le tract de la punk. Le texte s'intitulait «Octobre» :

Octobre 1970 a révélé l'étendue de notre aliénation. Nous entonnons des chants de libération au Centre Paul-Sauvé, mais que les autorités sifflent la fin de la récréation, que du sang soit répandu, et voilà que notre pacte fusionnel vole en éclats. Nous retournons à un silence coupable parce que le jeu a mal tourné. Au-delà de leur légitimité révolutionnaire, même nos actes de guerre se retournent contre nous : nous kidnappons un attaché commercial britannique, nous exécutons un politicien québécois soupçonné de corruption, nous faisons tout pour éviter de toucher la véritable cible, nous refusons de franchir l'Outaouais.

Octobre est-il encore possible aujourd'hui ? Pendant que les patriotes croupissaient en exil ou en prison pour des crimes hautement symboliques, nous avons feint l'amnésie collective. Nous avons donné des promotions à des policiers coupables d'actes criminels, nous avons réélu un gouvernement dont les agissements rappelaient les dictatures d'Amérique latine ou d'ailleurs, nos humoristes ont chanté les louanges d'un maire qui avait rendu illégale l'opposition politique de gauche, nous avons renoncé à distribuer autrement la richesse. À leur libération, les felquistes ont pu constater que la presse écrite et télévisuelle d'ici reproduit encore la dictée collaborationniste quand elle ne sombre pas dans l'inanité, que les francophones et leur culture demeurent toujours victimes du mépris.

Les héros d'Octobre doivent se demander à quoi leur lutte a servi quand ils voient la société québécoise imploser : les inégalités sociales s'aggravent, plusieurs enfants souffrent de la faim et n'arrivent plus à se concentrer à l'école, la pensée politique est morte. Pendant que les héros d'Octobre connaissaient l'opprobre, les baby-boomers imposaient leur narcissisme culturel, polluant les ondes radiophoniques avec la musique des années soixante et soixante-dix, et les chaînes de télé avec les séries auxquelles ils vouent un culte. Mais l'important n'est pas là : il est dans la façon dont une génération cherche à fausser les lois économiques en imposant ses règles à ceux qui suivent. Qui a décidé de ne plus créer d'emplois permanents? Qui coupe dans les prestations d'aide sociale et d'assurance-chômage parce qu'il craint pour sa caisse de retraite? Qui souscrit joyeusement au principe de libéralisation des échanges commerciaux, soupçonnant fort bien que la mondialisation empêchera pour longtemps toute pensée alternative?

Pour survivre, ma génération ne doit pas attendre béatement qu'on lui offre du temps partagé, quelques heures par semaine. Elle ne doit pas se contenter de travailler au noir pour des gens qui veulent rénover une maison à rabais. Ma génération ne doit surtout pas travailler comme escorte, placer des petites annonces dans les journaux pour louer son corps à des hommes d'affaires fétichistes ou masochistes. Il lui faut sortir de ce cadre, échapper à la légalité que les baby-boomers ont instituée.

Si un nouvel Octobre doit advenir, il sera rouge comme la Révolution russe, il sera un virus implanté dans la société techno-informatique, il frappera d'interdit les usurpateurs de la parole publique. La société québécoise tout entière deviendra le théâtre d'Octobre.

La première réaction de René fut de penser que le texte était trop bien écrit pour une parole pamphlétaire. Quelle idée d'utiliser une expression comme «pacte fusionnel»! Cela transpirait les études universitaires abandonnées. Il se demanda ensuite ce que la punk entendait par «ma génération». René avait une conjointe, un enfant, un emploi aux Archives nationales, une maison en banlieue, et une voiture qu'il s'était abstenu d'utiliser en ce vendredi, jour de 5 à 7 avec les collègues de bureau. Mais à trente ans, il était à peine plus âgé que la punk.

Le lendemain, au petit déjeuner, René raconta à Johanne que le 5 à 7 s'était prolongé, qu'il avait dîné en ville avec deux de ses collègues et manqué l'autobus. Il s'étonna de l'aisance avec laquelle il avait omis la dernière partie de la soirée. Durant le week-end, il amena sa fille au parc, s'occupa à quelques travaux autour de la maison et fit consciencieusement l'amour avec sa femme le samedi.

Le lundi midi, René se dépêcha d'avaler son sandwich et quitta son bureau, situé avenue de l'Esplanade, pour aller retrouver les blocs de béton de la rue Sainte-Catherine.

Il était irrationnel de penser que la punk puisse être là à une telle heure, mais elle avait occupé l'esprit de René toute la matinée de sorte qu'il voulut en avoir le cœur net. L'endroit était quasiment désert, à l'exception de trois ou quatre jeunes qui devaient être des itinérants à en juger par les sacs de couchage qu'ils avaient posés à leurs pieds. René eut envie de s'enquérir des allées et venues de la punk, mais il y renonça, persuadé de recevoir une réponse hostile. Il renonça également à retourner aux blocs en soirée pour ne pas éveiller les soupçons de Johanne.

Le lendemain, René débusqua une conférence publique au Département d'histoire de l'UQAM qui constituerait le prétexte idéal pour passer la soirée à Montréal. Ce jour-là, son travail aux Archives fut intermittent, entrecoupé par l'évocation de la punk et de ce qu'il pourrait bien lui dire. Souffrant depuis l'adolescence de surconscience linguistique, phénomène qui l'amenait à choisir soigneusement ses mots pour remettre en cause leur emploi l'instant d'après, René craignait par-dessus tout les clichés et les formules introductives, celles qu'il n'était jamais arrivé à articuler lors de sa période de drague estudiantine. Mais une question plus fondamentale se posait à lui, à laquelle il évitait de répondre : pourquoi chercher à revoir la punk? Pour le jeu de la séduction? Par fétichisme? Par nostalgie du fantasme anarchiste?

René s'éclipsa de la conférence vers 20 h 30 et retrouva les blocs de béton qui le fascinaient par leur concrétion, leur hétérogénéité urbaine et qui, songeait-il, constituaient peut-être son véritable objet d'intérêt. Mais quand il aperçut la punk et sentit son pouls s'accélérer, il sut que son raisonnement était faux. Il se tenait à quelque distance d'elle et l'observait. Elle ne distribuait pas de tracts et discutait avec deux garçons vêtus comme elle. Puis le groupe se sépara et au moment où elle allait traverser la rue, sans doute pour aller aux Foufs, René l'aborda. Il lui demanda si elle allait distribuer des tracts.

La réponse de la punk le conforta dans son sentiment que sa question était stupide : «Pourquoi, tu veux le relire?» Puis la punk regarda René des pieds à la tête, jaugeant son appartenance sociale ou sa sexualité, ou la combinaison des deux. Elle jeta un coup d'œil au feu de circulation, qui avait maintenant tourné au rouge. René en profita pour maintenir le contact : « J'ai bien aimé votre texte et j'aurais voulu en discuter avec vous. » Il ne pouvait croire qu'il la vouvoyait. « Une autre fois peut-être, répondit la punk. Ce soir, j'ai un rendez-vous. » « Comment t'appelles-tu ? », poursuivit désespérément René. « Tu me tutoies maintenant. On est devenus familiers. »

La punk avait haussé le ton. « Appelle-moi la punk, c'est plus simple. Sinon, c'est de la fraude. Mes parents et la société m'ont donné un prénom pour ensuite nier ma personnalité. Pour eux, tous ceux qui ont les cheveux teints ou pas de cheveux du tout, tous ceux qui portent une seule boucle d'oreille ou des Doc, c'est du pareil au même. Quand je marche dans la rue, le regard des autres s'arrête à mon apparence. Toi aussi, j'en suis sûre, tu ne vois qu'une punk. Alors, j'assume. Appelle-moi la punk. Allez, salut. »

Elle traversa la rue et se mit en file devant les Foufounes électriques. L'affiche annonçait un spectacle de *Front Line Assembly*, groupe dont René ignorait totalement l'existence.

René pouvait difficilement retourner aux blocs le soir sans inquiéter Johanne. C'est tout à fait par hasard qu'il revit la punk quelques jours plus tard, un midi, assise sur les marches devant un pavillon de l'UQAM. Elle avait des livres à la main et portait toujours sa veste cloutée. René ne put réprimer son étonnement et la punk attaqua : « Ça te fait drôle de me voir ici ? Tu penses que je ne peux pas étudier ? » Pris au dépourvu, René lui demanda ce qu'elle lisait. « *The Crying of Lot 49* de Thomas Pynchon », répondit-elle. Il dut lui faire répéter le titre. « Lis-le et reviens me voir aux blocs. On pourra parler», conclut-elle avant de se lever et de s'engouffrer dans l'université.

Le lendemain midi, René se procura l'ouvrage de Pynchon et en entreprit la lecture au parc Jeanne-Mance. Il fut rapidement captivé par cette histoire d'une organisation secrète qui rassemble les laissés-pour-compte des États-Unis. Une fois rentré à la maison, il eut des échanges distraits avec sa femme et sa fille, impatient de reprendre sa lecture. Dans le confort de son lit, il s'absorba dans cet univers de dérive californienne. Quand Johanne lui demanda ce qu'il lisait, René donna une réponse évasive.

Johanne revint à la charge le jour suivant. Un peu à contrecœur, car il avait l'impression de trahir la punk, René accepta de parler du personnage d'Œdipa Maas, cette femme qui se demande si elle souffre de paranoïa aiguë ou s'il existe bel et bien une association fondée par des ingénieurs privés de leurs brevets d'invention, une association qui regrouperait les Noirs, les homosexuels, les cocus, bref l'autre Amérique. René conclut en disant que Pynchon lui révélait l'essence de la politique active. Cela fit rire Johanne, qui militait depuis plusieurs années au sein du Parti Québécois : «La politique active? Tu passes tes journées à classer des papiers jaunis. Et si je me souviens bien, tu en es encore à Henri Bourassa.» René n'insista pas et retourna à sa lecture.

Après avoir trouvé le prétexte idéal — la participation à un club d'échecs qui le retenait à Montréal tous les mercredis —, René reprit contact avec la punk un soir de novembre. Il tenait à la main le roman de Pynchon, qu'il agitait en guise de salut. Elle distribuait des tracts devant les blocs malgré la pluie. «Octobre en novembre?», déclara René en guise d'introduction et de plaisanterie. «Oui, toujours le même texte. De toute façon, personne ne le lit», répondit la punk en esquissant un sourire. «Tu veux boire un café?» Ils se retrouvèrent dans un restaurant fréquenté par les prostituées. C'était objectivement l'endroit le plus proche, mais René se demandait si la punk ne l'avait pas emmené là par provocation.

La punk rompit la glace en demandant à René ce qu'il avait pensé de *The Crying of Lot 49*. «Impressionnant, répondit-il. Cette vision d'une Amérique souterraine, cette vérité latérale», ajouta-t-il en se trouvant horriblement pompeux. «Mais il y a toute cette ambiguïté, par exemple quand un personnage dépose un document dans un contenant qui pourrait aussi bien être une poubelle qu'une boîte aux lettres au nom de l'organisation WASTE. Je suis archiviste de profession, alors pour moi, cette scène était insoutenable.» Cette confession en entraîna une autre : «Je suis étudiante en socio.» La punk continua : «Tu ne connaissais pas Pynchon? C'est lui qui a introduit la notion d'entropie dans la littérature. Quand j'ai lu cela, cette idée que tout système est condamné à un désordre croissant, ça a été un choc. Tu dois maintenant lire *V.* C'est paru en premier.»

René avait une conception très précise de l'évolution et de l'histoire, mais il n'osait pas l'exposer. Il préférait laisser la punk parler. «Pynchon est devenu un écrivain culte aux États-Unis dans les années soixante et soixante-dix. Et puis il y a un mystère autour de lui. La seule photo qu'on a date de l'époque où il était technicien chez Boeing, à Seattle. Puis il a disparu en ne laissant qu'une seule trace : le Mexique, d'où il fait parvenir ses manuscrits à son éditeur. Un de mes projets, c'est de le retrouver. »

René ressentit un pincement de jalousie en entendant cette dernière phrase. Il décida d'aiguiller la conversation dans une autre direction. « J'ai beaucoup aimé ton manifeste », dit-il en guettant une réaction de la punk qui ne vint pas. « Le ton est juste », s'entendit-il mentir, car il trouvait qu'il y avait quelque chose de dissonant dans ce texte. Trop de cibles. Il choisit un autre angle : « Mais pourquoi te situer dans le prolongement d'Octobre 70 ? » La punk le regarda quelques secondes avant de répondre, quelques secondes qui parurent à René l'éternité du jugement : « Parce que pour toi, la problématique d'Octobre 70 est désuète, archivée ? » Elle avait insisté sur ce dernier mot et le coup avait porté. Sans lui laisser le temps de riposter, la punk lança à René une invitation inattendue : « Si cela t'intéresse de discuter de tout cela avec d'autres personnes, on se réunit la semaine prochaine. » Elle lui donna une adresse dans l'est de la ville. Puis elle déposa une pièce de deux dollars sur la table, se leva et dit qu'elle avait encore des tracts à distribuer.

René marchait vers son lieu de rendez-vous. Il s'était garé sur le boulevard de Maisonneuve et était soudain attentif à la misère urbaine qui s'étale sur le tronçon est de l'artère. Il détaillait les vitrines placardées des nombreux commerçants en faillite, le spectacle d'immeubles décrépits déversant leur pauvreté sur le trottoir, la prostitution juvénile qui s'affiche dans les rues adjacentes. Était-ce là la mesure du progrès économique des Québécois francophones, dont le grand historien Arnold Toynbee disait qu'en parallèle avec les Chinois, ils allaient engager l'humanité dans une voie nouvelle ? Ses observations, René en était conscient, témoignaient de l'influence de la punk.

René prit à droite à Alexandre-de-Sève et s'engagea dans un dédale de petites rues qu'il ne connaissait pas. À l'ombre du pont Jacques-Cartier se trouvait un entrepôt désaffecté devant lequel attendaient cinq ou six personnes. René s'était vêtu de façon à masquer sa situation sociale, mais cela n'empêcha pas les autres de lui jeter un regard méfiant. La punk ouvrit de l'intérieur, mettant ainsi fin à un silence embarrassé. Tous prirent place sur des chaises dépareillées, préalablement disposées en cercle par la punk. Il n'y avait aucune table et aucun centre. De vieux registres d'expédition et de réception pendaient au mur. Personne ne semblait les avoir consultés depuis des années.

La punk présenta René comme un ami qui était intéressé par « notre groupe de discussion et d'action ». Elle dit un mot de toutes les personnes présentes : Étienne était un prof de cégep « prêt à passer à l'action révolutionnaire » ; David travaillait à un « roman subversif » ; il y a un an, Yves et Lucie avaient escaladé la tour du Mont-Royal pour y installer une banderole dénonçant le retour de l'anglais dans l'affichage et réclamant l'application intégrale de la loi 101 ; Jérôme s'occupait d'informatique et « des questions techniques ». La punk, à l'entendre parler, ne jouait qu'un rôle de rassembleur : elle avait réuni, il y a quelques semaines, ces « individus mûrs pour un changement radical ». À leur première rencontre, les membres du groupe avaient travaillé au tract que René avait lu. La punk en avait assuré la mise en forme. Le manifeste n'était pas signé, pour ne pas attirer indûment l'attention des autorités policières, mais le groupe se désignait comme la « Cellule François-Schirm », du nom d'un des membres fondateurs du FLQ.

Le temps était maintenant venu de poser des gestes concrets. C'était là l'opinion de tous, sauf de David qui, sans doute influencé par son travail de romancier, fit l'éloge de la lenteur. Il alla même jusqu'à citer Lénine : « Camarades, une action directe ne serait pas rationnelle pour le moment. » Étienne rétorqua que, sans rien précipiter, il fallait tout de suite poser les jalons d'un nouvel Octobre. Il suggéra une rencontre avec les anarchistes canadiens-anglais qu'on voyait souvent manifester lors des sommets politiques.

Yves et Lucie s'y opposèrent farouchement. « La problématique de Vancouver n'est pas celle de Trois-Rivières », déclara Yves, qui n'avait jamais mis les pieds à Trois-Rivières. Et la discussion se prolongea sans que le groupe parvienne à s'entendre sur le type d'opérations clandestines à mener.

En marchant vers sa voiture, René se prit au jeu de la filature policière. Boulevard de Maisonneuve, il s'arrêta sur un palier et balaya rapidement son champ optique. Puis il recommença, cette fois d'un lent mouvement circulaire de la tête, pour voir si un passant avait bougé trop rapidement ou si quelque chose clochait dans le décor. C'est là — avait-il lu quelque part — la méthode que l'on enseigne dans les services de renseignements.

Durant la semaine qui suivit, René essaya de poursuivre par lui-même la discussion à laquelle il avait assisté.

Son travail aux Archives en souffrit quelque peu, mais René relut des documents sur la Crise d'octobre. N'eût été de l'impatience de la cellule responsable de l'enlèvement de Cross, le FLQ aurait pu étendre ses réseaux, assurer ses assises dans la société québécoise, et même exercer une action de type pédagogique. C'est là le point qu'il défendit à la réunion suivante du groupe, qui eut lieu dix jours plus tard dans le même entrepôt :

« Si l'on veut préserver le Québec du nouvel ordre mondial, il faut démontrer les failles de l'idéologie libre-échangiste. » Une discussion s'ensuivit sur le sens du mot « démontrer ». Jérôme, qui s'adonnait aux joies du « hacking » depuis l'âge de quinze ans, souhaitait propager un virus dans la société techno-militariste, c'est-à-dire sur les sites Internet de la Défense nationale ou de la GRC. Étienne était plutôt d'avis qu'il fallait frapper les centres de désinformation.

David, qui semblait éprouver quelques difficultés à trouver un éditeur pour son roman, lança une idée qu'il présenta comme un flash : « La cible idéale, ce serait les bibliothèques. » Tous tombèrent d'accord que les bibliothèques constituaient un important réseau de propagande idéologique. Yves demanda s'il serait possible de trafiquer des ouvrages bien-pensants. Lucie semblait emballée : « Pourquoi ne pas planter les ouvrages dans les bibliothèques ? J'ai souvent commis des vols à l'étalage. Là, je me rachèterais en faisant le contraire : en mettant par effraction sur les rayons des livres falsifiés. » David reprit : « Nous pourrions écrire des romans qui feraient pâlir les textes jugés subversifs des littératures québécoise et française. » Étienne en rajouta : « Nous pourrions aussi produire des livres apocryphes. Il suffirait de subtiliser un ouvrage dans une bibliothèque, de le décoller en conservant les couvertures et l'enveloppe contenant la fiche de prêt, d'insérer des feuillets de notre cru, de recoller le tout, et de reposer le chef-d'œuvre sur les rayons. J'aimerais bien retoucher les mémoires de Gérard Pelletier et les entretiens de Pierre Elliott Trudeau. Jérôme ferait des ajouts au catalogue informatisé.» Et Yves d'ajouter : «Pourquoi s'arrêter aux bibliothèques? Nous pourrions déposer nos livres dans une ou deux succursales de la librairie Renaud-Bray.»

Durant toute cette discussion, René était demeuré silencieux. Pour un archiviste, trafiquer des catalogues et des ouvrages constituait un sacrilège. René ne voulait pas expliquer sa vision cumulative de l'histoire. Il se contenta de dire : «Le respect de ce qui a déjà été écrit n'est pas incompatible avec l'action révolutionnaire.»

C'est David qui lança l'attaque, avec une agressivité qui couvait depuis son premier contact avec René : «Je me demande si tous les membres du groupe ont le même vécu et partagent les mêmes objectifs.» René fut piqué au vif, sans compter que le mot «vécu» l'horripilait depuis toujours : «Sommes-nous vraiment différents? En Angleterre, le punk traduit une pauvreté héréditaire ou une détresse économique, une révolte contre le système de classes qu'on affiche en mendiant dans le Royal Bourough of Chelsea. Mais ici, au Québec, la majorité d'entre nous appartient à la même classe sociale. Est-ce que cela ne fait pas de vous des punks déplacés?»

Cette dernière phrase provoqua la stupeur. René visait David et non la punk. Il chercha à se rattraper : «Peut-être que le Québec est différent jusque dans sa punkitude. Être punk ici, ce serait une autre forme de rupture : échapper à la classe moyenne, transcender sa banlieue. »

Pour mettre fin à la querelle et pour consolider le sentiment d'appartenance au groupe, la punk proposa d'ajourner le débat et demanda à Jérôme d'aborder les questions techniques. Par mesure de sécurité, il fallait suivre des moyens de communication complexes : boîtes aux lettres, utilisation d'un langage codé pour le téléphone et les courriels. Étienne risqua une blague : « Les révolutionnaires sont tous un peu paranoïaques, mais l'inverse n'est pas vrai. » Tous s'efforcèrent de rire pour détendre l'atmosphère. Jérôme enchaîna en disant que la surveillance électronique était tellement généralisée au Canada qu'il valait mieux prendre des précautions pour ne pas attirer l'attention des services de renseignements et pour assurer l'étanchéité de la cellule.

Après la réunion, la punk demanda à René s'il pouvait rester quelques instants. Elle lui confia, d'une voix moins assurée qu'à l'habitude : « Tu as raison sur un point, celui de la classe moyenne. Mes parents ne sont pourtant pas plus cons que d'autres. Mon père est dentiste à Laval. Ma mère enseigne les mathématiques dans une polyvalente. Un jour, elle a laissé traîner sur la table de la cuisine, à mon intention, un magazine qui contenait un article sur le phénomène punk. Je n'oublierai jamais le titre : *Désastrer*. Le geste m'a agacée : ce désir de tout expliquer, de vouloir prévenir toute dérive. J'étais une étudiante plus ou moins assidue au cégep. C'est là que je suis devenue punk. Officiellement, j'habite toujours chez mes parents et j'y retourne pour faire mes travaux scolaires.

Autrement, je squatte à Montréal ou passe la nuit chez des amis. »

Quand la punk eut fini de raconter son histoire, René et elle comprirent qu'ils allaient coucher ensemble, que la chose ne se produirait pas ce soir-là, mais qu'elle était imminente.

Au bout du couloir, un réduit. C'est là que René cohabitait avec la punk depuis deux jours. Johanne croyait qu'il était à Québec, pour une réunion au ministère de la Culture, alors que ses collègues de l'avenue de l'Esplanade savaient qu'il avait réclamé et obtenu quelques journées de congé. La première nuit, René et la punk partagèrent la grande pièce avec les autres squatters. Parfois un couple se formait pour quelques instants. Certains observaient la scène, la plupart s'en désintéressaient. René ne pouvait faire comme si rien ne se passait ou alors s'abandonner au milieu des autres. La deuxième nuit, il entraîna la punk dans une pièce à peine plus grande qu'une armoire à balais, préférant encore l'exiguïté du couple à la promiscuité du groupe. La punk comprenait que René ne pouvait se défaire de ses habitudes du jour au lendemain. Elle savait que la clandestinité est un long désapprentissage.

Dans ses fantasmes, René n'avait pas visualisé sa première étreinte avec la punk dans une usine de confection de vêtements désaffectée de la rue Saint-Urbain. Sa lecture de Pynchon ne l'avait pas préparé à l'anonymat du pauvre : des lits de carton, un sol jonché de seringues et de contenants de plastique en provenance du McDonald's et du Burger King avoisinants. Il n'avait pas non plus imaginé qu'après avoir fait l'amour, la punk lui annoncerait son départ. Elle quittait Montréal pour le Mexique, à la recherche de Thomas Pynchon, dès le lendemain. Un magazine littéraire américain avait récemment localisé l'écrivain dans la région d'Azcumel.

Dans les jours qui suivirent le départ de la punk, René s'attela à de menues tâches, au travail comme à la maison, pour tromper son anxiété. Contre toute logique, il perdit peu à peu espoir de revoir la punk. Un silence de trois semaines était tout à fait justifié, mais le souvenir du corps de la punk et la nécessité physique de l'action obscurcissaient son jugement. Prétextant les achats à effectuer pour Noël, René passa quelques soirées à attendre en vain devant l'entrepôt où il s'était joint à la cellule François-Schirm. Il retourna à l'usine de la rue Saint-Urbain, mais les squatters l'avaient désertée. Il questionnait sans retenue les gens qu'il rencontrait aux blocs ou aux Foufs. Personne n'avait revu la punk. Un soir, quelqu'un affirma l'avoir aperçue dans une bretelle souterraine de l'autoroute Ville-Marie, mais exigea l'argent nécessaire à l'achat d'un quart d'once avant d'entrer dans les détails. René, d'habitude si prudent dans le choix de ses mots, répondit avec empressement qu'il avait tout l'argent qu'il fallait. Il accepta de suivre l'individu. Une équipe de déneigement trouva le corps poignardé de René aux petites heures du matin.

Lorsque Johanne reçut des Archives nationales les cartons contenant les affaires personnelles de son conjoint, elle trouva une enveloppe non décachetée, en provenance du Mexique. Le tampon de la poste était récent. Sur une simple feuille lignée, on pouvait lire :

Tout va bien. Grâce aux informations des commerçants, j'ai repéré l'endroit où vit Pynchon. Un matin, j'ai fait le pied de grue devant sa maison. Il en est sorti avec une femme mexicaine, plus jeune que lui. Je les ai suivis jusqu'au marché avant de pouvoir adresser la parole à Pynchon. Quand il a su que je n'étais pas une journaliste et que j'avais fait le voyage depuis Montréal, il a accepté de bavarder quelques minutes avec moi. Voilà. J'ai enfin trouvé Thomas Pynchon et je peux t'écrire que l'amour et l'entropie ne m'apparaissent plus incompatibles.

Sylvie

Lettre morte

Cher Jean,

J'ai longtemps songé à vous écrire. Maintenant que je m'exécute, je ressens toute la vanité de ma démarche et surtout un besoin d'ordre, de sens qui m'incline à dompter les configurations informes qui ponctuaient mon quotidien. Dès lors, toute tentative de parvenir à une somme, nécessairement taxinomique, de motifs, faits et explications se heurte à la non-validité de certaines équations mathématiques.

Mais je suis consciente que sous le couvert de l'autocomplaisance, je me dérobe en cédant au plaisir païen de l'allusion. De sorte que je poursuis ma double imposture sans vraiment me demander si ma lettre prétend à autre chose. Peut-être mon errance quotidienne, ce sombre va-et-vient entre les seuls points fixes que constituent des disques de jazz et quelques pages d'Henry James, me confine-t-elle au refus d'un silence qui m'aurait sans doute moins troublée que ces quelques lignes.

Et pourtant, je poursuis un texte embryonnaire, trop lâche pour concentrer tous ces mots en un signe unique qui ressemblerait peut-être à un aveu. Mais je dois admettre qu'un certain sentiment de fatalité érode mes dernières énergies, et de constater que depuis la seconde ligne je n'arrive pas à dépasser le stade du soliloque m'autorise à croire que j'aurais dû demeurer silencieuse plutôt que de remuer des cendres que le vent n'a su disséminer.

Patricia

P.-S. : M'étant rappelé que vous deviez séjourner à Florence début juin, j'ai pensé que le meilleur moyen de vous joindre serait d'expédier ma lettre au comptoir d'American Express situé dans cette ville.

Le 16 juin 1992, entre Florence et Venise

Patricia,

C'est non sans surprise mais avec sérénité que j'ai découvert votre lettre, au retour d'une longue promenade dans Florence, où je crois avoir enfin trouvé la paix. Il m'apparaîtrait puéril et quelque peu malsain de vous attendrir sur nos projets jadis esquissés. Mais vous ne savez à quel point il vous serait agréable d'ignorer l'Uffizi et le Palazzo Pitti pour occuper vos journées à parcourir les lieux que fréquentait Michel-Ange et qui sont répertoriés dans cette biographie intitulée *The Agony and the Ectasy*. Ou alors de bouquiner dans les librairies d'occasion de la Via S. Egidio, non pas à l'affût d'une édition rare mais plutôt pour cerner à travers les poussiéreux invendus et les récents arrivages le profil du lecteur italien moyen. Comme depuis deux jours, je vous imagine très bien écrivant d'un seul jet votre lettre, biffant bien sûr un mot çà et là, mais filtrant à peine ce flot d'interrogations maquillées par un style «colmateux».

Mais je profite de votre absence pour ironiser sur votre dos... Revenons plutôt à Florence que j'ai quittée ce matin pour Venise. Je ne vous apprendrai rien en vous disant que l'ordre esthétique établi jadis dans cette cité, bien que d'une certaine façon toujours présent, a vu sa fonction déstabilisatrice initiale (italienne, me direz-vous), c'est-à-dire celle qui sous-tend toute œuvre d'art, s'amplifier de façon telle que notre sensibilité artistique glisse sur ces rapports non codés qui s'établissent entre l'individu et ses réalisations antérieures. Mais de vivre une fois de plus (pour la première fois, me dis-je toujours) cette évidence me permet de ressentir pleinement cette solitude qui, plus qu'au cours des siècles derniers, me semble le thème obsédant des réalisations artistiques de notre temps. Et cette solitude, je vous l'avoue, m'est à tout le moins bénéfique. Mais je m'en voudrais que cette reprise du dialogue vous ennuie; alors je vous laisse.

Promettez-moi de m'écrire via le même canal à Vienne, où je prévois être d'ici une vingtaine de jours.

Je vous embrasse.

Jean

Venise, le 18 juin 1992

Chère Patricia,

J'ai pensé qu'un bref mot vous permettant de suivre mes déplacements saurait vous intéresser (mais dites-moi, vous n'êtes pas tentée par un long voyage?). Je quitte en soirée la mélancolique Venise. Non pas que je ne m'y plaise, au contraire, mais je suis impuissant face à cet irréductible mouvement qui me presse ardemment d'aller quérir je ne sais quoi à Vienne.

Amitiés

Jean

Cher Jean,

Tout d'abord, je vous dois des excuses. Je vous les présente par égoïsme, uniquement pour nier l'existence de ce fatras d'inepties que je vous ai fait parvenir. Partir avec de si bonnes intentions pour aboutir à un banal exercice de style, voilà qui est vraiment navrant. Heureusement, je peux profiter de votre agréable compagnie et de votre sens profond de l'amitié, sans quoi, privée de ces saines motivations, je serais vite engloutie par mon exigeant travail à l'Institut.

Il m'arrive, en vous lisant, de vous envier : de jalouser votre superbe éclectisme ou le héros que vous ignorez être. Alors que moi, échappant à mes patients pour retrouver cet appartement lugubre où le téléphone ne sonne plus jamais... Vous me conseillez de prendre des vacances ; à cela, je répondrai que je préfère attendre la fin de la période estivale, désirant observer de près quelques maniaco-dépressifs du lot que nous apporte chaque printemps. Enfin, peut-être septembre me verra-t-il aller visiter quelques contrées sud-américaines où je pourrais échapper au système psychothérapeutique que je nourris, système que j'estime être d'inspiration frommienne — c'est-à-dire d'un humanisme passéiste — et que je crois systématiquement nordique.

Je suis contente que Florence vous ait plu. Je ne doute pas que Vienne ainsi que les prochains points de votre itinéraire vous réservent de nouvelles amitiés. Je ne vous en voudrai pas si vous ignorez le 19 Bergasse.

Affectueusement

Patricia

Vienne, le 27 juin 1992

Chère Patricia,

Bien que me sachant prolixe, vous deviez sans doute ignorer à quel point je peux être insistant. Mais je vous sais clémente et vous excuserez volontiers mon empressement à vous raconter l'anecdote qui suit.

Avant-hier, mardi, j'ai rencontré, au cours de mon ascension du Kahlenberg en téléférique, une Viennoise d'une trentaine d'années parlant un excellent français. Il n'est pas hardi de croire qu'une « locale » qui en fin d'après-midi se retire pour contempler sa ville — mélancoliquement, tel que je le présumais — doit être très seule, tout comme le sont d'ailleurs bon nombre de touristes. De sorte qu'après avoir pris l'apéritif à une terrasse dominant la ville, nous sommes redescendus dîner dans un *beisel* du vieux quartier, où elle me fit part des récents événements qui l'ont plongée dans cet état de détresse.

Après avoir séjourné à Paris, Cologne et Berlin, où elle étudia la musique contemporaine, notre héroïne rentra à Vienne, sa ville natale, où elle ne tarda pas à épouser un certain Reimer, un compositeur frisant la cinquantaine qui avait une réputation locale, sinon régionale, solidement établie. Pendant cinq ans, leur vie commune alla paradoxalement à merveille. Je dis «paradoxalement», car rien n'était moins sûr que l'union d'une disciple de Pousseur et de Stockhausen avec un musicien nostalgique qui persistait à composer des *volkslieder*. Néanmoins — j'apporte ici une légère touche interprétative —, la jeune femme aimait et éprouvait un grand respect pour un homme dont la grande maîtrise d'un mode d'expression — fût-il restreint — lui donnait la grâce et l'autorité d'un prêtre érudit.

Il faut ici indiquer que cet homme avait pressenti, peu avant leur mariage, qu'une maladie foudroyante allait l'emporter avant qu'il n'atteigne le cap des soixante ans. Il semblerait qu'il était alors en proie à des désordres physiologiques mineurs; son médecin était convaincu qu'il ne s'agissait que des troubles psychosomatiques d'un hypocondriaque. Reimer souscrivit alors, et pendant les années suivantes, à une importante police d'assurance-vie en faveur de son épouse. Vous pressentez déjà le dénouement, n'est-ce pas Patricia? Vous m'excuserez de n'avoir jamais su narrer proprement. Donc, après cinq heureuses années au cours desquelles le couple eut deux enfants, notre héroïne décida de reprendre sa carrière là où elle l'avait laissée. Comme le milieu universitaire était saturé, elle se joignit à un groupe d'amis quelque peu sur la touche pour la rédaction d'un opuscule qui se voulait un pamphlet (tous les opuscules sont polémiques, non?) contre les différentes musiques traditionnelles allemandes. Ce livre eut bien sûr peu d'impact. Les auteurs reconnaissaient qu'à première vue le sujet pouvait sembler dépassé, mais craignant un regain d'intérêt de leurs compatriotes germaniques pour la tentation totalitaire et convaincus de la pertinence de liens qui furent établis entre le nazisme et le musique wagnérienne ou certains *volkslieder* d'inspiration munichoise, ils se lancèrent dans une entreprise iconoclaste qui tenait plus d'une sociologie superficielle que de la musicologie. En fait, la seule personne sur laquelle le livre eut quelque incidence est, vous l'aurez deviné, Reimer. Il peut sembler douteux que sa compagne ne prévît pas le choc qu'elle allait lui causer, mais elle m'expliqua de si naïve façon qu'elle croyait leur amour au-dessus de ce genre de considérations et que, par ailleurs, elle n'attaquait pas les compositeurs eux-mêmes mais plutôt la mauvaise réception qu'en faisaient les auditeurs, que je ne peux m'empêcher de considérer la suite des événements comme tragique.

En effet, Reimer entreprit de venger ce qu'il estimait être une trahison, et d'une façon qui ne manque pas de relief. Le fait qu'il se croyait rongé par un cancer ne doit pas être interprété comme le motif principal qui le poussa à mettre brusquement fin à ses jours. Au contraire, cela constituait un élément de plus dans la réalisation de son plan. Le but de la vengeance consistait à priver son épouse de la prime d'assurance à laquelle elle aurait droit à sa mort qui, il en était convaincu, allait survenir dans les prochains mois. Or, et là est le côté perfide de l'histoire, il lui aurait suffi d'annuler la police pour parvenir à ses fins. Mais il comprit que son suicide, en plus d'invalider automatiquement la police d'assurance, allait faire de sa femme hantée par le remords une digne descendante de Caïn.

Voilà l'histoire telle que me la raconta cette femme, cette femme brisée qui m'a montré un visage inconnu de Vienne. Je quitte demain cette ville qui m'apparaît trop imbriquée dans la condition humaine (je préfère jouer les touristes à demi naïfs, sans quoi je n'aurais pas quitté le pays). Ma prochaine étape est Munich, où je chercherai à faire réexpédier une hypothétique lettre venant de vous.

Je vous embrasse.

Jean

Munich, le 1er juillet 1992

Patricia,

Je pourrais m'attarder à vous décrire les Alpes bavaroises, mais comme maints géographes et écrivains l'ont fait avec art, je préfère vous raconter un incident dans lequel je fus impliqué : incident dont la conclusion révèle somme toute une réalité fort banale, mais dont le déroulement, le mécanisme et l'aura d'émotivité qui l'entoure sont assez significatifs pour m'inciter à vous écrire.

La pluvieuse journée d'hier m'avait amené à visiter, en fin d'après-midi, la Staatsgalerie Moderner Kunst (Galerie nationale d'art contemporain). Je m'attardais devant un Pellan quand un homme m'adressa la parole — ce qui est chose rare dans un musée, vous en conviendrez. Comme les seuls mots d'allemand que je connaisse servent à indiquer que je ne parle pas cette langue, il passa à la langue anglaise. Il me demanda ce qui m'attirait dans ce tableau. Je répondis maladroitement que cette œuvre d'un de mes compatriotes me permettait de m'imprégner quelques instants d'une douce nostalgie. Je passe sur la suite de notre conversation à bâtons rompus, mais je me dois de mentionner que l'emplacement du tableau — dans la dernière salle de l'exposition — influença sûrement sa proposition de me faire visiter Schwabing, le Greenwich Village de Munich.

Après un repas copieusement arrosé (selon mes standards), nous fîmes une promenade sur Occam Strasse, pour finalement échouer au Schwabinger Brettl, un endroit où l'on tente de recréer l'atmosphère intellectuelle des années 20 à l'aide de chansons, poèmes et courts textes philosophiques. Jusque-là, tout allait pour le mieux, Bertram étant d'agréable compagnie et d'une humeur légèrement irrévérencieuse. Puis un de ses amis vint le saluer avant de monter sur une petite estrade où il lut quelques aphorismes sur un ton plutôt hargneux (ce qui sied mal aux aphorismes, non?).

Lorsqu'il vint nous retrouver quelques minutes plus tard, il entreprit de me traduire ses sentences, qui consistaient en de brèves attaques contre l'impérialisme américain et la pauvreté culturelle de ce pays. Alors je ne sais ce qui m'a stimulé : l'alcool, l'impression d'être isolé sur ce continent, la jalousie, mais moi qui d'ordinaire évite systématiquement toute discussion, me contentant de simples boutades, j'entrepris de réfuter point par point les affirmations de ce petit polémiste au sujet d'une société que pourtant j'abhorre. Il serait vain de rapporter intégralement nos échanges, il suffit d'expliquer quelle forme ils prirent. Je crois qu'ils auraient été moins virulents si j'avais été Américain; plus violents, plus passionnés peut-être, mais moins virulents.

En effet, que je sois à la fois de culture française et nord-américaine m'autorisait à croire que j'étais plus objectif, que mon point de vue était supérieur. Mes arguments étaient donc impitoyablement logiques, assenés sur un ton posé, réfléchi. Et pris au piège de mes rationalisations, mon interlocuteur voyait tout élément de nature subjective qu'il introduisait irrémédiablement disséqué, ridiculisé puis rejeté. J'ai compris après coup que ma faute ne tenait pas tant à mes attaques contre ses arguments qu'à mon refus de tolérer la subjectivité dont étaient empreints le ton et les motivations de son discours. Mais à ce moment-là, il n'était pas question de faire marche arrière, et emporté par les conséquences de ma ratiocination, je me retrouvai dehors, dans une ruelle, à me bagarrer avec lui comme un voyou. J'étais en train de le rosser et Dieu sait ce qui serait arrivé si Bertram, assisté d'un autre client, n'était parvenu à nous séparer. Je rentrai seul à mon hôtel. Le lendemain, je me réveillai avec un sentiment de dégoût dans la bouche, réalisant que l'excès de raison m'avait poussé au totalitarisme.

J'ai longuement hésité à vous raconter tout ceci. Au cours des deux années que dura notre relation, vous n'avez jamais abusé de votre statut de psychiatre pour me juger ou imposer votre point de vue dans nos échanges parfois mouvementés. Du fait de notre séparation, je crains maintenant que vous analysiez mes propos selon une certaine grille. Je préférerais imaginer que rien de tout cela n'est arrivé et que je ne vous envoie pas cette lettre où je viens d'écrire que tout excès de raison mène au totalitarisme. J'y suis impuissant.

Je crois que je vous aime.

Jean

Cher Jean,

Je m'empresse de répondre à votre lettre du 27 juin dernier. Le rythme affolant de vos déplacements m'a tout d'abord un peu étonnée, puis je me suis vite dit que cela témoignait d'une vitalité peu commune et d'une saine curiosité. Je suis vraiment heureuse que ce voyage vous retrempe d'espoir et d'hédonisme. Pour ma part, je me retrouve bien loin de ces lieux où l'on amorce quelque chose de neuf. Mon travail à l'Institut me pèse beaucoup ces jours-ci. Non pas que le contact avec mes patients m'ennuie. Au contraire, même après toutes ces années, je trouve toujours chaque cas particulier. J'ai pourtant envie d'un nouveau quotidien. Je veux dire : je ne peux plus construire et habiter mon espace, comme lorsqu'on aménage un nouvel appartement. Je ne retrouve plus ces petites parcelles de chaos qui font sourire lorsqu'elles surgissent dans notre quotidien, que ce soit au détour d'un trop long couloir ou dans une pile de dossiers qui recèlent de mauvais diagnostics. Il ne s'agit plus de remplacer sur un mur la reproduction d'une gravure de Dürer par celle d'une toile expressionniste de Munch ou d'obtenir de l'administration une nouvelle table de travail de style futuriste.

Voilà. Ne vous préoccupez pas outre mesure de mes propos. Peut-être ces jours-ci suis-je tout simplement plus sensible à ces moments de doute qui reviennent périodiquement. Il serait paradoxal qu'une psychiatre ne puisse les surmonter.

Mille choses.

Patricia

Ostende, le 3 juillet 1992

Patricia,

Le port d'Ostende donne sur la Mer du Nord, de sorte que si je poursuivais ma route droit devant moi, je toucherais le cercle arctique. Comprenez-moi : je n'ai nullement l'intention d'effectuer un périple mythique vers le nord, mais d'avoir le fantasme à ma disposition me procure un certain sentiment de sécurité.

Ici, d'où je vous écris, au dernier étage d'une maison gothique transformée en hôtel, je ne me lasse pas de contempler la mer, tentant d'oublier mes étapes des trois dernières semaines. Je ne cherche pas à exclure de mon champ de conscience les villes-images ou villes-instantanés, mais plutôt les réflexions que j'ai formulées, les rencontres fortuites que j'ai eues, les rapports que j'ai établis entre l'odeur d'une ville et son histoire ou entre un marchand de journaux et la configuration de la conscience des habitants. Entreprise en apparence illusoire, mais qui, conjuguée à une réorientation de mon être vers la mise en valeur des sens, me restitue une sérénité encore plus intense, quoique différente, de celle qui me nourrissait à Florence.

Et voici que déjà cette lettre me devient difficile, mon corps se refusant presque à la parole, n'en voyant pas l'utilité, tandis que moi, je tiens toujours à garder le contact, fût-il ténu.

Jean

Londres, le 6 juillet 1992

Chère Patricia,

Condamné à trois heures d'attente avant le départ de mon train pour l'Écosse, j'entreprends, installé de façon peu confortable sur un banc de la gare Victoria, de vous résumer mon bref séjour à Londres.

Lassé de ma retraite quasi monastique, j'ai subitement quitté Ostende pour Londres dans la soirée du 4 juillet. Comme je n'ai réussi à débusquer une chambre d'hôtel — dans Earl's Court Square — que vers les 23 heures, j'ai préféré attendre au lendemain pour communiquer avec Samuel. Il réserva un accueil poli à mon appel — peut-être en raison de ma voix un peu indécise —, mais me proposa tout de même d'aller au Royal Opera House. Nous convînmes de nous retrouver à l'extrémité ouest de Covent Garden vers 18 heures, afin d'acheter des victuailles que nous consommerions en faisant la file devant l'Opera (une coutume londonienne…).

Comme j'ai toujours cru que la meilleure façon de découvrir une ville est d'adopter le point de vue pédestre, je décidai d'occuper ma journée à une longue promenade

123

entre la maison de Thomas Carlyle (dans Chelsea) et l'Opera House. Je dois préciser que mon itinéraire fut grandement déterminé par la recherche des lieux londoniens de mon enfance, c'est-à-dire ceux qui ornent un livre illustré sur Londres que j'avais reçu pour mon huitième anniversaire et grâce auquel je savourai à l'époque de nombreuses heures de mélancolie. Je désirais moins mesurer la fidélité du dessin de l'artiste que la concordance entre les images et les connotations qui avaient imprégné mon imaginaire. Dois-je admettre que j'ai triché dès le départ, préférant visiter la maison de Thomas Carlyle plutôt que celle de Charles Dickens, qui, elle, était pourtant consignée dans mon livre. Cela s'explique par ma passion — un peu honteuse — pour le faux. En effet, Carlyle est cet homme qui, pour avoir écrit *Sartor Resartus* (un long commentaire sur un traité philosophique inexistant), commande selon moi un profond respect. Après cette visite en apparence sans intérêt, j'empruntai le pont Albert pour me rendre au Battersea Park et ainsi concrétiser une des premières images de mon livre. Là, au milieu des enfants et des mères, j'ai pris grand plaisir à me promener en empruntant les passerelles qui courent entre les branches de gigantesques arbres.

J'ai quitté le parc vers midi, longé la Tamise jusqu'au pont Vauxhall par où j'ai regagné l'autre rive, pour découvrir par le plus grand des hasards le Cheshire Cheese Pub, où je ne pus malheureusement déjeuner en raison de l'affluence. Néanmoins, je trouvai à proximité un autre pub dont le carrelage, le jeu de fléchettes et le patron à moustaches évoquaient quand même assez bien le pub que j'ai souvent contemplé dans mon livre.

Puis je déambulai longuement sur Milbank et White-hall, jetant à peine un coup d'œil désintéressé aux édifices parlementaires et royaux. À Trafalgar Square, j'aurais aimé apercevoir le petit garçon tout plein de taches de rousseur et coiffé d'une casquette verte, mais je ne vis que des monuments et des pigeons pourchassés par des hordes de touristes japonais.

Je redescendis vers la Tamise par Northumberland Avenue et découvris l'existence d'un pub Sherlock Holmes. Ignorant la possibilité qu'il s'agisse d'un piège à touristes, j'y entrai, appâté par l'idée de boire une pinte de bière. Les quelques meubles de style victorien ainsi que les portraits de Conan Doyle, Holmes et Watson ornant les murs étaient loin de nous plonger dans cette atmosphère fin XIXᵉ siècle où l'intelligence côtoyait le mystère. Heureusement, le garçon m'apprit qu'on retrouvait plutôt Holmes et son ambiance au deuxième étage, où le restaurant imite, paradoxalement bien, le cabinet de travail du détective.

Ensuite, impuissant à obtenir des passants les indications nécessaires pour me rendre au marché de poisson de Billingsgate — je n'oublierai jamais ce commerçant transportant sur sa tête un large cageot de poissons —, je décidai de mettre le cap sur le Théâtre royal de Drury Lane afin de comprendre pourquoi certaines personnes juraient que les lieux étaient hantés. Vous penserez sûrement, Patricia, que je fus déçu. Pas du tout. Bien sûr, je ne m'attendais pas à ce que les murs suintent la peur de l'homme face au surnaturel ou, en extrapolant un peu, que l'atmosphère du théâtre rende, lorsqu'il est vide, l'horreur de la condition humaine. Je crois cependant y avoir retrouvé mon enfance plutôt sombre, ou peut-être simplement quelques interminables dimanches après-midi dont je m'évadais en relisant ce livre sur Londres.

Désireux de visiter Covent Garden avant d'y retrouver Samuel, je retournai sur mes pas pour constater que le marché de jadis avait été remplacé par des boutiques modernes d'inspiration américaine. Ces boutiques forment un rectangle autour de la longue allée maintenant occupée par des musiciens ambulants. J'écoulai donc la dernière heure de l'après-midi à regarder des musiciens paumés jouer du jazz.

Je rencontrai à l'heure prévue un Samuel beaucoup plus enthousiaste que celui à qui j'avais parlé le matin même. Lorsque nous arrivâmes à l'Opera House, la file d'attente était déjà assez longue. Entre deux bouchées, nous parlâmes un peu de vous. Je décidai de taire notre rupture et de présenter mon séjour à Londres comme un voyage d'affaires. Nous eûmes la désagréable surprise de ne pouvoir nous rendre jusqu'au guichet, « probablement à cause de la saison », m'expliqua Samuel. « Puisque Londres est la capitale mondiale du théâtre, chercha-t-il à me convaincre, nous trouverons autre chose. » Il acheta le *Standard* et me proposa, peut-être pour me montrer son ouverture d'esprit, d'aller voir une pièce de J. Adams — « un jeune auteur prometteur », précisa-t-il — jouée dans un petit théâtre expérimental près de Russell Square.

La pièce faisait appel à tous les éléments du nouveau théâtre de jadis, qui, pour moi, ne sont plus que les vestiges d'une époque révolue. Qu'il suffise de mentionner la structure cyclique de la pièce (les premier et dernier actes se déroulent devant le foyer, à l'heure du thé), le temps immobile (la pendule indique toujours 16 h 32) et l'attaque contre la bourgeoisie, et vous comprendrez mon scepticisme. Samuel partagea l'accueil plus qu'enthousiaste que la poignée de spectateurs réserva à la pièce en se joignant à l'ovation du troisième rappel. Que je sois demeuré assis durant ces vaines démonstrations ne semble pas avoir trop indigné Samuel — du moins il ne me le laissa pas voir. Non, ce qui lui enleva ses dernières illusions sur ma qualité d'homme du monde, ce fut la façon caustique avec laquelle je disséquai la pièce alors que nous marchions dans Soho. Samuel semblait croire que par mes propos, j'attribuais à la dramaturgie anglaise un retard d'une vingtaine d'années. Excédé, j'invoquai une migraine et un avion à prendre le lendemain matin, et nous fûmes ainsi tous deux dispensés de nous souffrir plus longtemps.

Un peu désemparé et surtout furieux d'avoir dû interrompre mon pèlerinage pour pareille soirée, je hélai un taxi et me fis déposer à l'extrémité est de Hyde Park, où les orateurs s'escriment le dimanche. Tout au long du trajet, j'avais évité de chercher à comprendre mon attirance pour ce parc, mais une fois sur les lieux, je me souvins de la statue de Peter Pan érigée près de Kensington Gardens. J'attendis que les gardiens ferment les portes, à 23 heures, puis j'enjambai une petite clôture à la fonction plutôt symbolique et m'enfonçai dans le parc à la recherche d'une illustration encore fraîche dans ma mémoire. Non sans quelques difficultés — je faillis être repéré près du Serpentin — je trouvai la statue. Je n'avais jamais imaginé qu'elle pût être en bronze — c'est idiot, je sais —, car pour moi, elle avait toujours été d'un gris verdâtre.

Satisfait d'avoir réalisé un rêve d'enfant, je me suis adossé contre le socle de la statue durant un bon moment, les yeux clos.

Je fus brusquement tiré de mon état de demi-sommeil par un gardien qui me demanda ce que je faisais là. Surpris par ma réaction très peu londonienne qui consista à prendre la fuite, le gardien perdit un temps précieux à communiquer par radio avec ses collègues avant de me donner la chasse. Déjouant leurs éventuels calculs, je choisis d'éviter la porte la plus proche, obliquant à gauche vers le Palais de Kensington, puis encore à gauche pour revenir ainsi vers Kensington Road, ce qui dut les faire jurer puisque personne ne m'attendait à la porte du Palais.

Tout en m'enfonçant à la dérive dans Knightbridge, je ressentais tout le ridicule de la situation. Au lieu de tout simplement prétexter m'être endormi — l'incident aurait été clos pour un touriste canadien —, j'avais joué les intrépides au risque de complications, tel un gamin de quatorze ans. Jusque tard cette nuit-là, je ne me lassai pas de marcher dans les paisibles rues bourgeoises de Belgravia, appréciant beaucoup de circuler librement dans ces rues dont les maisons cossues abritaient sans doute quelques lords et haut dignitaires, prêtant vie à toutes ces maisons anonymes. Parvenu à la lisière de Chelsea, je pensai à vous, Patricia, et à votre fascination pour l'univers romanesque de John Le Carré. Je me souvins de votre intention, lorsque nous esquissions des projets de vacances à Londres, d'aller dans Bywater Road pour vérifier si le numéro 9 — adresse fictive de l'énigmatique George Smiley — existait bel et bien. Quelle surprise de constater qu'il y a une demeure à cet endroit, dans cette impasse perpendiculaire à King's Road. Pourquoi l'auteur a-t-il choisi d'utiliser une adresse réelle? Les gens qui habitent cette demeure sont-ils importunés par des lecteurs curieux? Ces questions me hantaient dans le taxi qui me ramenait à l'hôtel.

Ces événements sont peut-être sans intérêt pour vous, Patricia, ou alors ils sont trop significatifs. Pour moi, ils constitueront toujours, même lorsque ma mémoire sera atteinte, le seul bloc monolithique de mon voyage, les seuls instants où j'ai pu faire l'unité entre tous ces lieux et moments derrière moi et ma conscience d'être en un endroit précis aujourd'hui le 6 juillet 1992.

Mon train part bientôt, je vous quitte et cours mettre cette lettre à la poste.

À bientôt, je l'espère.

Jean

Cher Jean,

J'ai reçu aujourd'hui vos deux dernières lettres, datées des 1er et 3 juillet, lettres qui, je l'avoue, ne laissent pas de m'inquiéter. Je ne critique aucunement, bien sûr, votre conduite à Munich — au contraire, vous avez témoigné d'un courage intellectuel qui se fait si rare aujourd'hui —, mais je m'interroge tout de même sur l'irrégularité de vos comportements, sur cette succession de moments troublés et d'instants de sérénité. Je ne voudrais pas que vous soyez offusqué par le ton un peu protecteur de ma lettre; je ne dissèque pas vos agissements ou vos lettres pour construire par la suite un système qui les justifierait. Ce n'est qu'une voix comme toutes les autres — ne me prenez pas au pied de la lettre, je suis votre amie sincère mais inquiète — qui s'interroge sur le scénario de votre odyssée, scénario brillant, mais comportant trop de chutes et de moments démesurément pleins. Comme je vous le dis, ce n'est pas votre lettre de Munich qui m'inquiète, mais bien la suite. Je vous imagine mal, Jean — ou alors trop bien —, fixant la mer jusqu'aux derniers points de l'horizon et rêvant de non-existence, vous qui dans votre profession d'architecte êtes si pragmatique.

Nous devrions nous revoir, ne serait-ce qu'un après-midi, dans un café, pour nous expliquer, situer les choses, interrompre votre fuite effrénée ou m'extirper de mon immobilisme. Peut-être tout cela est-il bien puéril, mais j'espère votre retour prochain, à moins que vos lettres subséquentes laissent poindre l'espoir d'un cheminement uniforme et prédestiné, qui serait véritablement celui de l'homme que j'aime encore.

Patricia

Stromness, îles Orcades, le 9 juillet 1992

Patricia,

Voici probablement ma dernière lettre. J'ai pris aujourd'hui la décision de poursuivre vers le nord, au-delà du cercle polaire arctique. Ma prochaine étape est la pointe septentrionale de la Norvège. Cela ne vous dit pas pourquoi je parle de dernière lettre, mais peut-être le pressentez-vous. Oh!, il ne s'agit pas, du moins pour l'instant, de suicide physique, mais bien d'une quête solitaire dont le déroulement imprévisible me permet de l'apparenter, pour vous donner une plus juste idée, à une plongée dans les profondeurs de l'inconscient. Tel un ascète, je désire me détacher complètement de tout ce qui est étranger à ma marche vers ce point interchangeable, mais nullement imprécis, où convergent tous les méridiens du globe. Je sais bien que je n'atteindrai pas ce point, que je m'arrêterai avant, peut-être sur l'île Jan Mayen. Peut-être aussi ne quitterai-je jamais Hammerfest, dernier point du plateau norvégien, ou même... Mais n'anticipons pas.

Je ne sais si en quelques lignes j'ai su mettre en lumière, non pas les causes de mon geste — elles sont superflues —, mais bien l'esprit qui m'anime. Je ne reviendrai pas sur la vieille distinction entre la Raison et l'Esprit, sinon pour signifier que par ce dernier terme, j'entends les déterminations purement affectives. Je crois m'être assez expliqué. Non pas que je tienne à entourer tout ceci de mystère, mais je ne crois pas à la coïncidence complète entre un individu et ce qu'il écrit.

A posteriori, je pense que tout était dessiné depuis plus longtemps que je ne peux l'imaginer. Je sais maintenant que déjà à Londres, alors que j'effaçais les limites de mes fantasmes, je prévoyais partir pour l'Écosse, et qu'au moment d'acheter mon billet de train, je n'étais pas sans ignorer qu'Édimbourg ne serait que le lieu d'une correspondance. Évidemment, mon escale aux Orcades, situées tout juste à l'entrée de la mer de Norvège mais encore dans les limites de la mer du Nord, suggère une hésitation. Peut-être. Mais je désirais, avant mon départ définitif, m'initier à cette expérience d'isolement qui m'obsède.

Mais à discourir ainsi, je risque de retarder l'échéance ; je n'ai plus que vingt minutes devant moi avant le départ du ferry qui me mènera en Norvège. Je ne sais comment conclure cette série de lettres que je vous ai fait parvenir. Il serait excessif de vous laisser sur un adieu tragique et déchirant. Peut-être vous reverrai-je un jour. Pour l'instant, j'ignore si dans trois semaines je serai mort ou si je jouerai les estivants à Oslo. Je me refuse à imaginer l'avenir ; sans doute en suis-je aussi incapable. On rêve le futur lorsque la mémoire nous octroie ce privilège. Quant à moi, les images mortes, la longue nuit m'appelle.

* * *

DR JACOBY

— Je ne vous connaissais pas un tel charme, Patricia.

DR ROUSSET

— Il n'y a pas de quoi rire.

DR ZYLSTMAN

— Vous m'excuserez, mais je n'ai pas eu le temps de terminer la lecture du dossier. Le patient a-t-il tenté de s'enlever la vie ?

DR ROUSSET

— Non, mais voir ses lettres ainsi confisquées l'a plongé dans un état d'agitation extrême.

DR JACOBY

— Il n'y avait aucun moyen de se procurer les lettres sans qu'il s'en aperçoive ?

DR ROUSSET

— Disons que l'infirmière-chef n'a pas suffisamment pris de précautions. Lorsqu'elle a mis la main sur les lettres, les patients étaient en période libre.

DR ZYLSTMAN

— Comment fonctionnait le système de correspondance?

DR ROUSSET *(un peu embarrassée)*

— Nous l'avons admis en tant que maniaco-dépressif. Comme il était assez autonome et ne démontrait aucune agressivité, il jouissait d'une relative liberté. Le courrier qu'il expédiait et recevait ne faisait l'objet d'aucune vérification.

DR ZYLSTMAN

— Alors, il s'expédiait ces lettres à son propre nom, ici à la clinique?

DR ROUSSET

— Seulement celles signées Jean. Sur le rabat de l'enveloppe, il inscrivait le nom d'un parent comme expéditeur. Les lettres signées de mon nom n'étaient pas mises à la poste puisqu'elles constituaient le centre, le point de référence.

DR JACOBY

— Sans oublier que, dans son univers, vous étiez la destinataire et habitiez ici.

DR ROUSSET

— Évidemment.

DR DUMOULIN

— Une chose m'intrigue. Comment se fait-il que nous disposions d'une correspondance complète? Je veux dire : nous sommes aujourd'hui le 12 juillet et Jean Dagenais annonce dans sa lettre du 9 juillet que la correspondance prend fin. Il reçoit sa lettre et peu après la correspondance est saisie. Donc, ou nous avons été très chanceux ou les lettres étaient antidatées ou …

DR JACOBY

— Ou…?

DR ROUSSET *(visiblement mal à l'aise)*

— Vous avez raison, Jacques : j'étais au courant de la correspondance bien avant de la saisir. À la fin juin, l'infirmière-chef m'en a informée après avoir trouvé les premières lettres.

DR ZYLSTMAN

— Comment avez-vous pu? C'est contraire à toutes les règles.

DR ROUSSET

— Je sais, mais j'ai décidé de faire une exception pour Jean. Premièrement, je désirais le laisser aller au bout de lui-même. Deuxièmement, je voulais le voir approfondir le commentaire qu'il faisait, par l'entremise de Patricia, sur lui-même. C'est une thérapie qui donne souvent des résultats. Jacques Ferron et Julien Bigras en ont parlé.

DR JACOBY

— Je vois : cela pourrait être intéressant. S'il surmonte son état d'agitation et son sentiment de culpabilité à l'égard de Patricia, devrons-nous considérer que l'expérience est positive?

DR DUMOULIN

— Je ne suis pas très optimiste. Tout d'abord, vous remarquerez avec moi que son évolution est des plus classiques : l'alternance entre des moments de surexcitation et de dépression, puis la régression : le retour à l'enfance

(Londres) et le désir fœtal. Ensuite, quant à savoir si son « auto-analyse » — qui est très maigre d'ailleurs, quelques lignes ici et là — peut s'avérer bénéfique, je suis sceptique. J'ai l'impression que les séances d'écriture se déroulaient, pour ainsi dire, dans un état d'hypnose. Cela explique peut-être le ton détaché du patient.

DR JACOBY

— Je suis enclin à partager votre avis, Dumoulin. Il ne faut pas se laisser prendre au piège que constitue la différence de niveau culturel entre ce patient et ceux dont nous avons l'habitude, ne pas perdre de vue que tout discours, si séduisant soit-il, peut être ramené à quelques composantes essentielles. Tout le reste n'est que littérature.

Une infirmière fait irruption dans la salle de conférence.

— Excusez-moi. Dr Rousset, l'infirmière-chef vous demande d'aller la rejoindre un instant à la section J. Monsieur Dagenais refuse de prendre ses médicaments.

Patricia Rousset s'excuse et quitte la pièce. L'infirmière, visiblement ennuyée, ne se décide pas à partir.

DR JACOBY

— Oui, Mlle Deblois ?

MLLE DEBLOIS

— Pourrais-je vous voir un instant, Dr Jacoby ?

DR JACOBY

— Si vous désirez m'entretenir d'un sujet relatif à la clinique, alors je profiterai volontiers du concours de mes collègues.

MLLE DEBLOIS

— C'est qu'il s'agit d'une affaire un peu délicate, Monsieur le Directeur. Mais comme je viens de terminer ma nuit de travail et que j'ai un jour de congé demain, il vaudrait mieux que je vous en parle tout de suite.

DR DUMOULIN

— Allez, venez Zylstman. Puisque nous ne sommes pas dans le secret des dieux, allons boire un café.

L'infirmière attend qu'ils soient sortis, hésite un instant, puis choisit de rester debout. Elle évite de regarder le Dr Jacoby en lui parlant.

— J'hésite encore à vous en parler. J'y ai songé durant toutes mes vacances, mais je crois que c'est mon devoir de le faire. Voilà : c'était dans les tout premiers jours de juin. Je venais de terminer mon service (il était environ 23 heures) lorsque je réalisai avoir perdu une épinglette. Je fouillai sans résultat dans toutes les pièces où je vais souvent durant la journée. Puis je me rappelai être allée au début de mon service dans la lingerie parce que certains patients de ma section souffrent d'incontinence. En entrant, j'ai aperçu une femme en blouse blanche accroupie sur un homme étendu au sol et opérant un mouvement de balancier. Le Dr Rousset n'a pas eu le temps de m'apercevoir, j'en suis sûre, car j'ai refermé la porte immédiatement; pas plus que Monsieur Dagenais dont je n'oublierai jamais le visage déchiré par le plaisir.

Élégie baroque

Le fait que je détienne un diplôme universitaire joua certainement pour beaucoup dans la décision du patron de me confier l'affaire Coe. Je n'attache pas une grande importance à ce bout de papier, qui ne m'avait d'ailleurs valu jusque-là que les quolibets de mes collègues et une affectation permanente au travail de bureau. Mais ce jour-là, elle me permettait d'obtenir enfin une véritable enquête. Le patron savait très bien que les autres employés de l'Agence — des types aux cheveux courts et au menton volontaire qui abondent dans une certaine littérature — rencontreraient de l'hostilité dans leurs investigations en milieu estudiantin, alors que moi, avec ma connaissance du milieu, mes cheveux longs et mon peu de souci vestimentaire, j'étais la personne toute désignée.

On s'étonnera peut-être de ce qu'avec mon profil pas très réglo, je puisse travailler dans une agence de détectives privés. Seule l'amitié que le patron porte à mon père explique qu'il ait consenti à m'embaucher lorsque je frappai à sa porte, fauché et désireux de réaliser un fantasme qui me hantait depuis l'adolescence. Au cours des six longs mois que je passai à rédiger des rapports d'enquête destinés aux clients, je ne crois pas avoir très souvent béni cette amitié. Les choses allaient changer maintenant qu'on me confiait un cas.

Alain Coe, un étudiant âgé de dix-neuf ans, était mort, renversé par une automobile. Deux accusations, l'une de conduite dangereuse et l'autre de délit de fuite, pesaient sur les épaules d'un certain Lirescu, incarcéré depuis une semaine. Ce dernier niait sa culpabilité : Alain Coe s'était délibérément jeté sous les roues du véhicule. Lirescu reconnaissait avoir fui les lieux de l'accident sous l'emprise de la panique, craignant d'être accusé à tort. Il faisait maintenant appel à l'Agence, sur le conseil de son avocat. Nous devions faire triompher l'hypothèse du suicide.

Je commençai mon enquête en allant voir Lirescu au pénitencier. Ingénieur roumain réfugié au Québec depuis moins d'un an, il possédait toutes les qualités requises pour le rôle de victime du destin. Ses yeux craintifs et fuyants révélaient sa peur d'être extradé et, qui sait, peut-être torturé. Selon lui, il n'y avait pas matière à discussion : c'était un suicide. D'ailleurs il n'oublierait jamais les yeux inexpressifs de Coe, semblables à ceux d'un compatriote et ami de Lirescu qui avait trouvé la mort en voulant fuir le régime de Caucescu. Après trente minutes de dialogue, je quittai mon client, convaincu de son innocence. Il me semblait trop bien comprendre ce type avançant sur la pointe des pieds tout en tentant de se dénicher un espace qui serait sien.

Je décidai ensuite de rendre visite aux parents du jeune Coe, qui habitaient une banlieue cossue de la capitale. J'eus beaucoup de mal à les convaincre de m'accorder un entretien. Ils acceptèrent de répondre — assez sèchement d'ailleurs — à quelques questions inoffensives, mais refusèrent de donner le moindre détail sur la vie sociale et psycho-affective de leur fils. Cela ne fit que renforcer mes certitudes. Mais savoir qu'Alain allait à la bibliothèque de l'université ce jour-là — comme à l'habitude — ne m'intéressait pas. Non, j'aurais voulu apprendre qu'une déception amoureuse était venue embrumer son existence, qu'il possédait un cercle d'amis restreint, qu'il se comportait parfois de façon étrange ou, plus cruel encore, le jugeait-on mélancolique, dépressif? N'importe quoi! Mais je n'obtins rien. Je remerciai les parents d'Alain et quittai les lieux, lassé.

Je revins vers le centre-ville et m'engouffrai dans un bar, presque vide à cette heure. Tout en sirotant un café, je songeais aux questions pressantes que j'avais posées aux Coe dans l'espoir qu'ils m'éclairent sur la personnalité de leur fils. Et peu à peu, j'inhalais les miasmes du monde intérieur que je supposais être le sien. Je m'étais toujours refusé à être un miroir qui capte tous les reflets des paumés affectifs, mais je ne pouvais empêcher que de douloureux souvenirs de mon adolescence, jadis noyés dans mon inconscient, cherchent maintenant à sourdre. Il y avait de surcroît cette reproduction d'un tableau de Braque, au-dessus du canapé qu'occupaient les Coe, dont je ne sus pas assez détacher mon regard durant l'entrevue et qui revenait maintenant me hanter parce qu'elle cristallisait cette complicité à la fois naissante et posthume entre Alain et moi. J'aurais aimé, pour conjurer les sentiments peu professionnels qui montaient en moi, que les personnages composant «Le Duo» — la pianiste et son professeur — se dédoublent à l'infini, et non pas seulement une fois.

Puisque le seul témoin de la mort d'Alain n'avait vu, selon le rapport de police, que le choc et la fuite de Lirescu, et comme il n'y avait rien à tirer de parents éplorés, je décidai d'aller du côté de l'université voir si je ne pourrais pas glaner quelque chose. Je me retrouvai donc au pavillon abritant la faculté des Arts et Lettres, plus précisément au café de l'Association des étudiants de littérature.

La plupart des étudiants présents m'étaient inconnus de sorte que je pus dissimuler ma profession et me faire passer pour un ami d'Alain de retour d'un séjour prolongé en France et désireux d'en connaître un peu plus sur la dernière année de sa vie. J'appris cependant peu de choses, sinon que, durant les dernières semaines précédant sa mort, Alain n'assistait jamais aux cours et passait le plus clair de son temps à la bibliothèque. C'était tout de même un premier indice que je savourai.

Je pensais présenter, non sans réticence morale, l'abandon des cours comme un signe de dérive. J'essayais d'imaginer Alain perdu dans l'immensité de la bibliothèque, circulant parmi des millions de livres et tentant de vaincre une amnésie existentielle. Mais il me fallait des indices plus concrets et j'eus soudain l'idée de faire une visite clandestine dans la chambre d'Alain dans l'espoir d'y découvrir une piste : une photographie, un journal intime ou je ne sais quoi. Et puis, il m'était impossible de rentrer complètement bredouille puisque j'aurais tout de même le loisir de humer l'atmosphère qu'Alain avait créée autour de lui.

Évidemment, ce projet comportait quelques risques, mais pour une rare fois depuis fort longtemps, je voulais donner une part de moi-même. Je songeai à une phrase de Camus : « Naturellement, l'espoir, c'était d'être abattu au coin d'une rue, en pleine course, et d'une balle à la volée. » Le lendemain matin m'apparaissait un moment propice puisque les Coe assisteraient sans doute à l'enquête préliminaire. Alain étant leur enfant unique, la maison serait probablement déserte. Je choisis de ne pas solliciter l'autorisation du patron, convaincu qu'il ne verrait pas la nécessité d'une action illicite si tôt en début d'enquête.

Le lendemain, vers dix heures, j'entrais par effraction dans la maison des Coe en tripotant la serrure de la porte arrière à l'aide d'une carte de crédit. Je trouvai rapidement la chambre d'Alain. Tout était demeuré intact, du moins je le supposais. Peut-être quelques livres avaient-ils été rangés, tout au plus. À ma grande déception, rien dans la décoration ou la disposition des objets n'ajoutait au profil psychologique que j'essayais d'esquisser. C'était une chambre de jeune adulte au tournant de la vingtaine semblable à mille autres.

J'entrepris de passer au peigne fin le contenu des tiroirs. Je n'y trouvai rien de particulier. Au contraire, l'inventaire que je fis révélait un conformisme navrant. Même que les inévitables magazines érotiques étaient présents, soigneusement cachés parmi des cartons de souvenirs. J'eus l'idée d'en feuilleter quelques-uns pour voir s'ils n'étaient pas enrichis de dessins, d'annotations perverses ou obscènes, car j'avais en mémoire certains confrères de collège un peu névrosés qui se défoulaient de cette façon, crevant parfois les yeux d'une pin-up ou l'enduisant d'un produit alimentaire. Mais je trouvai beaucoup mieux : au centre d'un magazine était dissimulée une enveloppe adressée à Alain et portant le nom et l'adresse de l'expéditrice, une certaine Geneviève Dupuis. Cette enveloppe contenait une note où il était écrit :

Alain,

Ce petit mot pour te dire que j'ai bien lu les deux romans dont tu m'as parlé. Oui, on peut y lire des choses intéressantes sur le baroque. Je t'en parlerai plus en détail lorsque nous nous reverrons.

Geneviève

Je recopiai l'adresse de la prénommée Geneviève et remis l'enveloppe à sa place. Ma perquisition ne révéla rien d'autre et je dus me résoudre à faire appel à un étudiant en lettres de ma connaissance avec lequel j'entretenais des relations distantes, mais qui constituait une mine de renseignements inépuisable.

Je rencontrai mon ancien confrère de fac dans un bar de l'avenue Myrand, près de l'université. Quand il m'aperçut, un léger sourire se profila sur ses traits fatigués. En réponse à ma question de courtoisie, il me parla abondamment de l'existence qu'il menait. Après deux tentatives d'écriture ratées, il se contentait maintenant de piges journalistiques. Quand je lui fis part de ma nouvelle profession, il s'exclama : «Ce n'est pas étonnant. Déjà, à la faculté, tu étais le Grand Inquisiteur. Incapable de créer un personnage, mais impitoyable pour disséquer l'écriture des autres. » Satisfait de sa tirade, il entreprit ensuite de répondre à mes questions sur Alain Coe, qu'il décrivit comme un individu peu communicatif et très introverti. Il me raconta une anecdote qu'il estimait révélatrice. Un jour qu'il s'était retrouvé assis à la table d'Alain au café étudiant, et désireux de lier connaissance avec lui, il lui avait parlé du drame humain que vivaient les réfugiés cubains de la mer — cela faisait alors la une des médias. Alain l'avait écouté poliment avant de rétorquer que le plus grand drame humain, c'était la révolution copernicienne. Il avait ajouté que nous n'étions plus au centre de l'univers et que nous étions devenus des objets entre les mains du chaos.

Inutile de dire que mon informateur ne poursuivit pas longtemps la conversation avec « ce type complètement schizo ». Je cherchai à savoir qui était Geneviève Dupuis. À ma grande surprise, il m'assura qu'il n'y avait pas d'étudiante en littérature répondant à ce nom. Je le remerciai et décidai d'aller voir du côté de cette inconnue.

L'adresse correspondait à un immeuble assez modeste de la rue d'Aiguillon. Comme Geneviève était absente, je résolus de tuer le temps dans un café et de réfléchir à la façon dont je me présenterais. Si Geneviève faisait partie des intimes d'Alain, mon subterfuge du vieux copain de retour de l'étranger risquait de faire long feu. Lorsque je retournai frapper chez elle vers les 17 heures, j'avais décidé de jouer franc jeu, d'arborer mes couleurs de privé.

Ce qui me frappa chez Geneviève fut cette beauté tranquille qu'elle dégageait et qui se reflétait dans l'assurance avec laquelle elle accepta de répondre à mes questions. Bien que je lui exposai les motifs de ma visite, je mentis en expliquant être parvenu à elle par l'intermédiaire d'une connaissance d'Alain.

— Je ne crois pas qu'Alain ait voulu mettre fin à ses jours, affirma-t-elle d'un ton tranché. Il était en pleine effervescence intellectuelle. Non, je ne sortais pas avec lui. Je l'ai toujours rencontré à la bibliothèque, dans le section consacrée à l'architecture. C'est mon domaine d'études.

— Mais Alain étudiait en littérature ?

— Oui, mais il s'intéressait beaucoup à l'art baroque. C'est comme ça que je l'ai connu. Un jour — il y a environ un mois — je fouillais dans les rayons quand j'eus le sentiment d'être observée. J'établis le contact visuel avec ce garçon à l'air timide qui m'interpella pourtant d'une drôle de façon : « Croyez-vous que le classicisme est un baroque dompté ? » J'avais à la main un livre sur le Bernin, ce qui ne lui avait pas échappé. Nous avons fait connaissance. Et à chaque fois que j'allais à la bibliothèque, il était là, épluchant les rayons consacrés au baroque. Il m'offrait parfois le café et en profitait pour me questionner sur l'art baroque, dont il m'avait consacrée spécialiste.

— Et pourquoi s'intéressait-il au baroque ?

— Quelle question ! Qui sait pourquoi on s'intéresse à un mouvement plutôt qu'à un autre ?

Je n'insistai pas et passai à autre chose :

— Il vous parlait souvent de lui ?

— Jamais. Les seules fois où je l'ai entendu parler à la première personne, c'est lorsqu'il disait «J'aime», comme dans «J'aime le Bernin» ou «J'aime Borromini».

Comme mes connaissances, déjà diluées par le temps, se limitaient au baroque littéraire, je poursuivis sans tenir compte de sa digression :

— Et vous le voyiez uniquement dans ce cadre, à la bibliothèque?

— Oui, je vous l'ai dit. Et c'était très bien comme ça.

— Je comprends. Et la dernière fois où vous l'avez vu?

— Deux jours avant sa mort. Toujours à la bibliothèque et fasciné par ses recherches.

J'espérais qu'elle se lève à ce moment précis pour me signifier la fin de notre entretien, ce qui aurait dénoté un trouble certain, mais elle n'en fit rien. Je dus agir de mon propre chef. Elle me tendit la main et m'autorisa à revenir si j'en voyais la nécessité.

Tout en rentrant chez moi, je songeais à Geneviève, me demandant si elle disait la vérité. L'existence de la lettre ne prouvait pas qu'elle ait menti. Peut-être que cette lettre constituait justement une preuve que Geneviève ne voulait pas rencontrer Alain ailleurs qu'à la bibliothèque, la voie épistolaire s'avérant un mode de communication alternatif. Cette hypothèse était plausible, surtout en considérant l'endroit où Alain avait caché la lettre. Le choix d'un magazine pornographique signifiait sûrement quelque chose : une attente déçue ou alors la peur de se déclarer à Geneviève. Je détectais d'ailleurs chez Alain un étrange amalgame d'introversion et de hardiesse, quand on pense à la façon dont il aborda Geneviève et à l'affirmation téméraire qu'il fit à mon ex-confrère devenu informateur.

Une fois de retour à mon appartement, je cherchai la signification du mot «baroque», question de me rafraîchir la mémoire. J'appris que sa signification n'est pas très fixe puisqu'on utilise indifféremment le terme pour décrire tout objet ou phénomène bizarre, extravagant, qui choque ou dérange, ainsi que pour signifier toute démesure ou irrationalité en art. Je me demandai si Alain se prenait pour un héros baroque.

En soirée, j'allai à la bibliothèque, moins dans l'espoir de trouver un indice parmi les rayons consacrés à l'architecture baroque que pour acquérir des connaissances susceptibles de faciliter une seconde conversation avec Geneviève.

Dès le lendemain soir, je me présentai chez elle. Elle me reçut avec une légère froideur, mais poliment.

— Voilà, lui dis-je, lorsque nous fûmes assis au salon, j'ai fait quelques recherches sur le baroque et j'ai appris que cette forme avait quelque chose à voir avec la mort, avec l'absolu de la mort comme plénitude…

— Et vous croyez, m'interrompit-elle, pouvoir établir un lien entre la mort d'Alain et son attrait pour cet art.

— Non, mais j'essaye de comprendre. Je cherche à comprendre son suicide, à lui donner un sens, s'il en a un. Vous avez sans doute remarqué que je ne suis pas le privé type. J'ai fait des études de lettres, j'ai eu mes petites angoisses (en disant cela, j'esquissai maladroitement un sourire). Bien sûr, je veux innocenter Lirescu, qui croupit injustement en prison. Mais il y a aussi le silence des parents d'Alain, ce refus du suicide, ce déni de la volonté d'Alain. Et cela m'horripile.

— Si votre hypothèse du suicide s'avérait juste, je partagerais votre avis. Mais ne comptez pas sur moi pour un faux témoignage.

— Il ne s'agit pas de cela, mais je m'attendais à un peu plus de vous.

— Je vous ai dit que je le connaissais très peu.

— Vous pourriez m'en dire un peu plus long sur sa fascination pour le baroque.

— Venez, me dit-elle, et je la suivis dans la pièce qui lui servait à la fois de chambre et de bureau.

Elle me tendit deux livres qui reposaient sur sa table de travail, deux romans qu'Alain avait empruntés à la bibliothèque et lui avait refilés. Je reconnus l'un deux — *La Modification* de Butor, que j'avais lu jadis —, mais l'autre — *La Conquête de Prague*, d'un certain Jacques-Gérard Linze — m'était inconnu.

— Alain et moi avions conclu un marché. Je le renseignais sur l'art et l'architecture baroques, je lui parlais de ces lignes qui s'estompent, de ces structures en trompe-l'œil, et lui, de son côté, me fournissait en littérature baroque française. Mais le baroque français, ce sont quelques œuvres poétiques et une poignée de tragi-comédies des XVIe et XVIIe siècles. De sorte qu'Alain me donnait surtout à lire des œuvres contemporaines contenant des descriptions d'œuvres architecturales baroques. Mais ce n'est pas où je voulais en venir. Jetez un coup d'œil à la dernière page de chacun des deux romans.

À l'endroit indiqué par Geneviève, il y avait un ovale tracé à la main.

— C'est sûrement l'œuvre d'Alain, m'expliqua-t-elle. On voit tout de suite que la marque est récente et Alain m'a prêté ces livres dès qu'il en a eu terminé.

J'estimai que cette forme ovoïdale devait prendre une connotation sexuelle pour Alain, mais Geneviève me détrompa :

— Le plan ovoïdal prédomine dans l'art baroque. Mais ce qui vous intéressera peut-être, c'est que cette forme, par sa composition, c'est-à-dire deux images identiques se faisant face, symbolise la recherche du même et de l'autre.

— L'impasse ? suggérai-je sans doute un peu trop brutalement.

— La difficulté de parvenir à l'autre, me corrigea-t-elle, toujours aussi imperturbable.

Désireuse de changer le tour de la conversation, Geneviève me montra des planches d'architecture et de sculpture baroques, tout en les commentant. Puis elle prononça une phrase qui ressemblait à une conclusion : « L'esprit du baroque, c'est une prodigieuse liberté. » Je compris qu'il était temps de partir.

Les projecteurs inondaient mes yeux de lumière, me plongeant ainsi dans une blancheur spectrale qui m'hypnotisait et ressuscitait un profil d'espoir par-delà les horizons perdus. Cet indicible soudainement révélé constituait une invitation à déserter, à trahir ma mission et à éviter l'hécatombe. À cet instant, j'ai pu comprendre que des gens ressentent un appel et croient en Dieu. Seuls des milliers de mots criés s'entrechoquant sous moi m'empêchaient d'oublier la raison de ma présence sur cette estrade.

Soudain cette clarté sembla s'évanouir, puis se transforma en un faisceau qui m'aveugla un instant. Je compris qu'il y avait déjà quelques secondes que l'on avait prononcé mon nom. J'ouvris le livre de Corneille, souris ironiquement en apercevant les mots du poète soulignés de rouge qu'on m'avait demandé de déclamer (« Parle, parle, Seigneur, ton serviteur écoute... ») et dépliai la feuille que j'y avais insérée. Cette fois, les mots ne devaient pas mourir dans ma bouche. Toutes mes rancœurs accumulées me donnèrent la force de lire ce texte d'une voix puissante, répercutée aux quatre coins de la salle grâce aux haut-parleurs :

> Un petit peuple serré de près aux soutanes restées les seules dépositaires de la foi, du savoir, de la vérité et de la richesse nationale. Tenu à l'écart de l'évolution universelle de la pensée pleine de risques et de dangers, éduqué sans mauvaise volonté, mais sans contrôle, dans le faux jugement des grands faits de l'histoire quand l'ignorance complète est impraticable.

Je m'aperçus soudain que ma voix s'était éteinte. La stupeur passée, ils avaient été plus prompts à réagir que je ne l'avais prévu. Alors, privé du microphone, je dus hurler à pleins poumons pour vaincre le brouhaha s'élevant de la salle :

> Héritières de l'autorité papale, mécanique, sans réplique, grands maîtres des méthodes obscurantistes, nos maisons d'enseignement ont dès lors les moyens

d'organiser en monopole le règne de la mémoire exploiteuse, de la raison immobile, de l'intention néfaste.

Je fus saisi par de nombreuses mains que j'avais déjà vues élevant une hostie ou parcourant un tableau. Mon livre m'échappa et alla rejoindre des parents ahuris au pied de l'estrade, encore sous le choc du renversement de Corneille par Borduas. Je n'opposai aucune résistance. Je pouvais mourir en paix. Néanmoins, au bas des marches, je me surpris à crier : «Ils seront culbutés sans merci.» Une porte s'entrouvrit devant moi, on me bouscula et je m'engouffrai dans un couloir que je connaissais bien.

Au lendemain de ce rêve où je me faisais héros baroque d'un soir, de ce rêve qui exprimait mes regrets de ne pas avoir su opposer une liberté effrénée à l'autorité enseignante cléricale qui avait empoisonné ma jeunesse, je décidai de faire un saut à l'Agence pour connaître le résultat de l'enquête préliminaire. Le patron m'apprit que, selon le procureur chargé de l'affaire, les faits justifiaient la tenue d'un procès, qui devait débuter dans dix jours. Puis, il me demanda si j'avais découvert des éléments susceptibles de prouver l'hypothèse du suicide. Je lui parlai de Geneviève Dupuis, cherchai à le convaincre que cette dernière en savait beaucoup plus long qu'elle ne l'affirmait, et l'assurai qu'à chaque visite que je lui rendais, elle en lâchait un peu plus. Je mis fin à la conversation en affirmant escompter des résultats rapides.

Geneviève s'avérant mon seul fil conducteur, je résolus de lui rendre une nouvelle visite, visite qui ne risquait pas de l'importuner vu que je l'effectuerais en son absence.

Le temps jouant contre moi, je ne pouvais la harceler tous les jours et attendre qu'elle me livre des informations au compte-gouttes. Une petite perquisition s'imposait donc et le lendemain, dès sept heures, je faisais le guet devant son domicile. Lorsque Geneviève sortit, je dus la filer un petit moment, jusqu'à ce qu'elle monte dans un autobus en direction de l'université, pour m'assurer que je disposais d'un certain temps pour opérer. Je revins sur mes pas et gagnai le palier de son appartement pour m'attaquer à une serrure qui offrit quelque résistance, mais dont je triomphai grâce à la panoplie de clefs que l'Agence mettait exceptionnellement à la disposition de ses enquêteurs et que j'avais subtilisée la veille, après ma rencontre avec le patron.

Je procédai à l'inventaire complet de l'appartement, mais je m'attardai surtout au bureau. Je négligeai d'instinct tout ce qui était travaux scolaires ou plans, recherchant plutôt les feuilles volantes et calepins sur lesquels Geneviève était susceptible d'avoir inscrit des notes ou des pensées. Après dix minutes de fouilles minutieuses, je mis la main sur une feuille où étaient colligées des informations sur l'ellipse et l'ovoïde. Je lus une note sur un certain Curlot d'où provenait ce que Geneviève m'avait dit sur la symbolique de l'ellipse. Elle avait également recopié un passage d'un dénommé Schneider, qui affirmait que l'ovoïde et non le cercle serait la forme primitive d'où découlent toutes les autres figures. En marge de ce passage, Geneviève avait inscrit, à l'encre rouge, la mention «intéressant». Plus loin, une note d'ordre étymologique — dont l'origine n'était pas précisée — m'apprit que le mot «ellipse» provient du terme grec *elleipsis*, qui signifie « manque », et que sous sa forme latine, *ellipsis*, il fut employé par l'astronome Kepler pour désigner un cercle imparfait. En marge de ces considérations, Geneviève avait écrit « en contradiction avec » et dessiné une flèche qui ramenait au premier paragraphe. Enfin, une troisième note rapportait les propos de Carl Jung, pour qui le cercle est le symbole de la totalité de la psyché, du soi.

Si elles n'apportaient rien de concret sur Alain, ces notes témoignaient tout de même de l'intérêt que Geneviève lui portait. Je supposai qu'elle avait fait ces recherches après avoir aperçu les ellipses dessinées par Alain sur la dernière page des deux romans. Je continuai mes fouilles et découvris autre chose : sur un petit carton figurait un court poème qui n'était pas écrit de la main de Geneviève. Sans avoir jamais vu la calligraphie d'Alain, je sus que ce texte était de lui, car pour toute signature on retrouvait un ovale. Le poème était plutôt banal, une élégie à l'intelligence et à la beauté d'une jeune fille. La particularité du texte résidait dans sa composition : tout en périphrases, se refusant sans cesse à nommer ce qu'il désignait. Je me rappelai que ces métaphores fuyantes, en mouvement, étaient le propre de la poésie baroque. Assurément, la jeune fille au centre de ce poème-devinette était Geneviève. Ma perquisition ne révéla rien d'autre que ce fait tout de même important : Alain était amoureux de Geneviève et le lui avait signifié.

Je replaçai soigneusement les documents et éprouvai une grande satisfaction de me retrouver à l'air libre. J'allai m'asseoir dans un parc avoisinant pour mieux réfléchir aux indices que je venais de découvrir. Je me demandai si je ne projetais pas sur Alain certaines de mes lectures, notamment celles d'Hubert Aquin, et si je n'accordais pas une importance démesurée à toutes ces considérations sur le baroque. Mais il s'agissait d'une piste intéressante à exploiter, et la seule, de sorte que je rentrai chez moi et déterrai manuels universitaires et notes de cours afin d'être prêt à relancer Geneviève. Je passai l'après-midi à la recherche de citations exaltant les liens qu'entretiennent l'art et la mort. Ainsi armé, je me présentai chez Geneviève vers 18 heures et l'invitai au restaurant, qui me semblait un lieu propice aux confidences. Qu'elle acceptât mon invitation ne me surprit pas. Je savais qu'elle ne voudrait pas, par un refus, donner l'impression de craindre la discussion.

Dans un bistrot de la rue Crémazie, la conversation tourna essentiellement autour de l'art et de la littérature. Au bout d'un moment, je dis à Geneviève que la quête d'Alain, son obsession du baroque, avait éveillé en moi des réminiscences. En fait, il s'agissait moins de réminiscences que des notes que j'avais studieusement consultées quelques heures auparavant.

— Dans un essai, lui confiai-je avec un sourire qui n'était pas feint, j'ai déjà affirmé qu'il est un temps où tout art, toute littérature, à force de s'épuiser circulairement, respire l'odeur de sa propre mort.

— C'est pour cela, me répondit-elle, que l'ellipse remplace le cercle : pour se donner un espace creux.

Pour la première fois, je voyais sourire Geneviève ; j'eus l'impression qu'elle voyait en moi l'étudiant que j'avais déjà été. Elle poursuivit :

— On observe la réapparition de traits baroques dans l'art à toutes les époques charnières de l'histoire occidentale. Notre siècle l'illustre bien.

Je sentais maintenant renaître ma passion d'autrefois pour ce type de discussion. Toutes ces années où j'avais fait silence ne semblaient pas avoir existé.

— Tenez, lui dis-je en lui tendant une feuille que j'avais noircie l'après-midi même, voilà ma phrase fétiche de jadis, que je conserve encore aujourd'hui dans mon portefeuille. Elle est un peu théorique, mais très belle. Je crois qu'Alain aurait aimé la formuler.

Geneviève lut cette phrase à voix basse :

— « Le langage, sur la ligne de la mort, se réfléchit, il y a rencontre comme un miroir ; et pour arrêter cette mort qui va l'arrêter, il n'a plus qu'un pouvoir : celui de faire naître en lui-même sa propre image dans un jeu de glaces qui, lui, n'a pas de limites. »

— C'est magnifique. C'est de qui ?

— De Michel Foucault.

— Je ne veux pas vous décevoir, mais je ne suis pas certaine qu'Alain aurait aimé ; ce n'est pas tout à fait son style.

— Son style ?

— Oh ! je n'ai jamais rien lu de lui, mais il m'avait déjà fait part d'une de ses ambitions : écrire une poésie sans images.

Je me souvins du poème qu'il lui avait adressé, rempli de métaphores. Geneviève mentait. Je compris que je n'obtiendrais rien d'elle sans l'attaquer de front. Je lui posai une question directe :

— Alain était amoureux de vous ?

— Non, répondit-elle sèchement. Il n'a jamais été question de cela entre nous.

Malheureusement, je ne pouvais faire allusion au poème sans m'accuser d'entrée par effraction dans l'appartement de Geneviève. Je n'insistai pas, mais le charme éphémère de notre soirée était rompu. Notre conversation dura encore un moment, mais devant l'accumulation croissante de silences, je demandai l'addition.

Tout en raccompagnant Geneviève chez elle, je tentai ma dernière chance. Je parlai de crise de civilisation, de l'angoisse du jeune adulte confronté à un monde oscillant entre le culte de valeurs déchues et leur rejet catégorique. Je prêtai à Alain une existence malheureuse, sans réaliser pleinement que je parlais de moi. Je discourus sur les difficultés qu'on rencontre au sortir de l'adolescence et la sensation d'isolement qui caractérise cette période. Je traitai un peu plus longuement du choc des premiers contacts amoureux. Geneviève s'irrita de ces derniers propos et éleva la voix :

— Vous ne comprendrez jamais rien. N'essayez pas de me revoir et surtout, inutile de me faire comparaître comme témoin au procès.

Là-dessus, elle me distança rapidement pour parcourir seule la centaine de mètres qui nous séparaient de son immeuble.

Cette nuit-là, je fis à nouveau un cauchemar. Assis tous les trois, nous gardions le silence. Parfois un regard échangé, sans plus. La blancheur des murs nous étourdissait quelque peu. Personne n'osait franchir le seuil de la porte pourtant ouverte et s'engager dans le couloir. Puis soudain, il entra. Je serais incapable d'évoquer son visage, mais il en imposait par son physique. Il prit place face à nous, de l'autre côté d'une petite table ronde. Il commença par interroger la femme, qui me paraissait antipathique. Elle affirma d'un ton mal assuré qu'elle n'avait rien à se reprocher. L'homme qui posait les questions se contenta d'esquisser un sourire mauvais et se tourna vers mon voisin de gauche. Je ne saurais me rappeler quelle question il lui posa, mais je sais que le jeune homme d'une vingtaine d'années qui, de par sa fragilité, m'inspirait une certaine pitié, se reprocha son manque d'autonomie. Il parla, la voix éteinte, de sa crainte de l'altérité. Pressé de s'expliquer, il ajouta, les yeux clos, qu'instinctivement il préférait l'autodestruction à l'anéantissement de l'autre.

Cette fois, l'interrogateur ne sourit point. Il m'adressa la parole, me demandant de commenter les propos que je venais d'entendre. Surpris, j'expliquai de façon un peu confuse que la jeune femme m'avait ennuyé en se dégageant de toute responsabilité. Quant au garçon, sa réponse m'apparaissait plus humble, quoique indélicatement plus lucide. Un sourire narquois apparut sur les lèvres de l'interrogateur, puis il déclara que j'étais le plus responsable de tous. Mon inquiétude s'accrut du fait que je ne savais pas dans quel sens entendre ce dernier mot. C'est moi qui déciderais de notre sort commun, qui reposait sur mon comportement lors d'une épreuve à laquelle je devais me soumettre. Il me tendit une feuille et un stylo, puis le noir couvrit mes yeux.

Un certain temps s'écoula et je repris conscience de la situation. Je réalisai avoir fait un cauchemar et voulus ouvrir les yeux mais rien n'y fit. Durant un court moment, je succombai à la panique : mon rêve se poursuivait-il ou étais-je devenu aveugle ? Et à la peur d'être incapable d'échapper à mon cauchemar s'en ajoutait une autre, plus horrible : celle qu'on éprouve quelquefois en se demandant tout à coup si les quinze ou vingt dernières années de notre vie n'étaient pas qu'un mirage onirique.

Puis je me réveillai, du moins je le crois, encore un peu effrayé, ne sachant pas si mon réveil n'était qu'une autre étape de mon rêve. Une tasse de café chassa ces pensées, mais je me sentais tout de même déprimé. Mon enquête s'avérait un échec. J'avais patiemment exploré toutes les pistes. Au risque de renouer avec des obsessions malsaines qui jadis avaient été miennes, j'avais tenté de dénouer ce tissu où l'art et la mort sont inextricablement liés. Devant le refus obstiné de Geneviève d'avouer la mésaventure amoureuse d'Alain, je ne pouvais rien.

Je me réfugiai dans un bar malgré l'heure matinale. Avant même d'y mettre les pieds, ma décision était prise : abandonner l'enquête et le métier de détective privé. J'écrivis au patron de l'Agence une longue lettre où je n'omis rien : ni mes perquisitions illégales, ni mon sentiment neurasthénique qui allait augmentant, au même rythme que je vidais mon litre de vin blanc. J'éprouvai l'envie de conclure mon rapport par une phrase mystifiante : « N'oubliez pas que les tragédies grecques et les romans policiers reposent sur des bases esthétique et psychologique semblables. » Mais cela aurait été pompeux, puéril, et il ne fallait pas oublier que le patron fréquentait mon père.

Immédiatement après avoir posté ma lettre de démission, je pliais bagage afin de ne pas être rejoint. Je m'exilai dans un petit village paisible surplombant le

Saint-Laurent. C'est à cet endroit, l'Auberge des Ancêtres, que je souhaitais tout oublier. Aucun livre, aucune feuille blanche, aucun stylo. Je me levais tard, et après un frugal repas, j'allais fouler durant des heures le calcaire des falaises. Depuis quelques années, je m'étais accoutumé à la solitude, mais cette fois, il m'était plus difficile de retrouver, le soir venu, l'ameublement austère et les murs nus de ma chambre — si l'on excepte un médiocre tableau représentant la migration des oies blanches.

La première semaine, je me contentai de prendre mes repas à la chambre. Puis je décidai de tenter l'expérience de la salle à manger. On me fit asseoir à la table voisine de celle qu'occupait une femme d'environ quarante ans. Durant le repas, j'eus le loisir de l'observer. Des jambes à faire rêver s'échappaient d'une jupe en tube noire, tandis qu'un chandail échancré noyait les regards. Des cheveux à la Botticelli couronnaient le tout.

Je méditai ensuite sur les poncifs romantiques qui m'étaient venus à l'esprit pour décrire la beauté de cette femme. Je ne me décidais pas à établir un contact visuel ou à lui adresser la parole. Quand je me levai pour régler l'addition, j'en profitai pour regarder la femme dans les yeux. Elle m'adressa un sourire — invitant ou amusé, je ne sais pas. J'essayai de lui répondre, mais mes lèvres se figèrent quand j'aperçus mon image reflétée dans ses pupilles. Je regagnai ma chambre dans un état d'abattement.

J'écoulai le reste de la soirée en regardant la télévision. Vers onze heures, j'entendis un bruit de pas sur le gravier devant ma porte. Un silence suivit, puis on frappa quelques coups furtifs. Heureusement, j'avais pris la précaution de tirer les rideaux. Je savais qu'elle était là. Je crus même discerner son souffle haletant (mais pourquoi aurait-elle couru ?). Je ne m'explique pas encore pourquoi je demeurai cloué à mon fauteuil. Le bruit cessa, puis après quelques instants, j'entendis à nouveau le frottement des chaussures sur le gravier, qui décrut rapidement. Le lendemain, je fis mes valises et retournai dans la capitale pour l'ouverture du procès.

Je fis en sorte d'arriver à la toute dernière minute et m'installai à l'arrière de la salle d'audience, de façon à demeurer incognito. Tout ce que je peux évoquer de la séance est la mine à la fois hagarde et apeurée de Lirescu, l'air résigné de Mme Coe, les traits colériques de son époux ainsi que l'expression de sévérité peinte sur le visage des jurés. Il y eut également la déposition des officiers de police et l'on annonça l'audition des témoins principaux pour le lendemain.

Je n'assistai plus au procès. Une éventuelle intervention de ma part n'aurait permis que de rapporter mes conversations avec Geneviève, les Coe et un ou deux étudiants. Tout cela s'avérerait futile, je ne le savais que trop. Et puis, je ne désirais pas revoir Geneviève qui, je l'avais appris lors de la lecture du rôle, devait témoigner. Sans doute y avait-elle été obligée par Lirescu, suite à mon rapport, et je n'osais même pas espérer d'elle certaines confessions habilement soutirées par un avocat de la défense coriace.

Je ne lus pas en détail les articles des journalistes couvrant le procès. Je sais toutefois que le jury rendit un verdict de culpabilité et que Lirescu — dois-je ajouter le malheureux ? — fut condamné à trois ans de détention.

Aucun remords ne vint me troubler, seulement un fort sentiment d'impuissance.

Dans les jours qui suivirent la fin du procès, j'errai de café en café, de parc en parc, racontant cette histoire à tout venant. On ne m'écouta pas, peut-être en raison de mon apparence physique qui allait se dégradant. J'ai donc choisi de jeter ces événements par écrit, moi que la création horripile. D'ailleurs, j'ai dû m'y reprendre plus d'une fois. Initialement, j'avais mené ce récit à la troisième personne, mais je me ravisai, craignant qu'à la faveur des nombreux «il», on en vienne à croire que je m'identifiais sans retenue à Alain. Puis j'estimai que cette deuxième version était trop détachée, que les mots n'y étaient que des objets épars, car je passais sous silence certains épisodes : mes rêves troublants et ma nuit avortée avec une femme dans une auberge. Le troisième manuscrit me laissa en proie au désarroi parce que je n'arrivais pas à réécrire cette description de la femme de l'auberge. Inévitablement me revenaient en mémoire les clichés qui se présentèrent à mon esprit à ce moment-là, et même si j'étais prêt à tricher, à utiliser d'autres vocables, je n'y arrivais pas, sans savoir pourquoi.

Puis un jour, au cours d'une longue promenade où mes pas me portèrent par hasard tout près de l'immeuble de Geneviève, je compris. Je compris qu'inconsciemment j'avais rédigé ce manuscrit comme une longue lettre à Geneviève. De façon à préserver mon amour inavoué pour elle de cette tache qu'aurait constituée une liaison avec la femme de l'Auberge des Ancêtres, j'avais stylistiquement dégradé cette dernière.

Je n'ajoutai pas mes dernières réflexions à mon manuscrit, car j'avais résolu de le montrer à Geneviève. À force de circuler «innocemment» dans son quartier, je finis par la rencontrer. Elle ne sut pas dissimuler une légère surprise à la vue du changement qui s'était opéré en moi, et je lus une certaine compassion dans ses yeux. Elle m'invita à monter chez elle. Ma visite fut brève. Je voulus lui remettre mon manuscrit, que je traînais toujours avec moi dans un sac en bandoulière, mais elle le refusa.

— La dernière fois que j'ai vu Alain, m'expliqua-t-elle, il m'a remis un poème et je lui ai dit la même chose que je répète à toi, qui veux me donner un texte : ou bien le baroque se nie comme baroque pour s'accomplir en une œuvre, ou bien il résiste à l'œuvre pour demeurer fidèle à lui-même.

Je marchais dans la rue, léger à l'idée de cette phrase que je caressais : « Le baroque n'existe pas. » Je vis venir la voiture, mais n'esquissai aucun geste.

Table des matières

LES ÉDITIONS DAVID
VOIX NARRATIVES ET ONIRIQUES
Collection dirigée par Marie-Anne Blaquière

BÉLANGER, Gaétan. *Le jeu ultime*, 2001.

BRUNET, Jacques. *Ah...sh*t! Agaceries*, 1996. Épuisé.

BRUNET, Jacques. *Messe grise ou La fesse cachée du Bon Dieu*, 2000.

CANCIANI, Katia. *Un jardin en Espagne. Retour au Généralife*. 2006.

CHICOINE, Francine. *Carnets du minuscule*, 2005.

CRÉPEAU, Pierre. *Kami. Mémoires d'une bergère teutonne*, 1999.

CRÉPEAU, Pierre et Mgr Aloys BIGIRUMWAMI, *Paroles du soir. Contes du Rwanda*, 2000.

DONOVAN, Marie-Andrée. *Fantômier*, 2005.

DONOVAN, Marie-Andrée. *Les bernaches en voyage*, 2001.

DONOVAN, Marie-Andrée. *L'envers de toi*, 1997.

DONOVAN, Marie-Andrée. *L'harmonica*, 2000.

DONOVAN, Marie-Andrée. *Mademoiselle Cassie*, 1999. Épuisé.

DONOVAN, Marie-Andrée. *Mademoiselle Cassie*, 2e éd., 2003.

DONOVAN, Marie-Andrée. *Nouvelles volantes*, 1994. Épuisé.

DONOVAN, Marie-Andrée. *Les soleils incendiés*, 2004.

DUBOIS, Gilles. *L'homme aux yeux de loup*, 2005.

DUCASSE, Claudine. *Cloître d'octobre*, 2005.

DUHAIME, André. *Pour quelques rêves*, 1995. Épuisé.

FAUQUET, Ginette. *La chaîne d'alliance*, en coédition avec les Éditions La Vouivre (France), 2004.

FLAMAND, Jacques. *Mezzo tinto*, 2001.

FLUTSZTEJN-GRUDA, Ilona. *L'aïeule*, 2004.

FORAND, Claude. *Ainsi parle le Saigneur*, 2006.

GRAVEL, Claudette. *Fruits de la passion*, 2002.

JEANSONNE, Lorraine M. M. *L'occasion rêvée... Cette course de chevaux sur le lac Témiscamingue*, 2001. Épuisé.

LAMONTAGNE, André. *Le tribunal parallèle*, 2006.

MUIR, Michel. *Carnets intimes. 1993-1994*, 1995. Épuisé.

PIUZE, Simone. *La femme-homme*, 2006.

ROSSIGNOL, Dany. *L'angélus*, 2004.

VICKERS, Nancy. *La petite vieille aux poupées*, 2002.

YOUNES, Mila. *Ma mère, ma fille, ma sœur*, 2003.

Imprimé sur du papier Rolland Enviro 100,
fait à 100 % de fibres recyclées postconsommation
et blanchi par procédé sans chlore.

Achevé d'imprimer
en juillet 2006
sur les presses de Marquis Imprimeur
Cap-Saint-Ignace (Québec) CANADA